光文社文庫

長編推理小説

三毛猫ホームズの騎士道

新装版

赤川次郎

光 文 社

中世の古城を模して十九世紀に造られたノイシュバンシュタイン城
（ドイツ南部バイエルン州）

目次

プロローグ

「やったわ！」

と永江智美《ながえともみ》は言った。

だが、この言葉は、そのときの状況にあまりふさわしいものとは言えなかった。

なぜなら、永江智美のしたことといえば、ただ車から降り立ったことでしかなかったからである。

しかし、智美自身の気持ちは、まさに、「やった！」としか言いようのないものであった。

車は——メルセデス・ベンツだったが、ここ、ドイツでは別に高級車というわけでなく、最も一般的な実用車である——城の跳《は》ね橋の前に停まっていた。堀をめぐらしたお城が、三月には珍しい暖かな陽射しの中に、あった。

それは「あった」としか言いようのないもので、「うずくまっていた」とか「どっしり構えていた」といったように、擬人化《ぎじんか》するのもぴったり来ないし、逆に「そびえ立っていた」とか、「広がっていた」というのも妙なものだった。

城は、それ自体で、まるで一つの世界であるかのように、そこにあった。時の流れも、その分厚い石の壁ははね返してしまいそうだ。

「やったわ……」

永江智美はもう一度呟《つぶや》いた。

「満足かい?」

車を運転して来た男が微笑《ほほえ》みながら言った。四十前後で、少し髪は白くなりかけているが、よく陽に焼けて、若々しい顔立ちだった。しかし、上等なツイードを着こなして、見るからに上品な雰囲気《ふんいき》を漂《ただよ》わせている。

「ありがとう! 私の夢だったのよ! こんなお城に住めるなんて!」

智美は思い切り夫に抱きついた。どうも、ヨーロッパへ来ると、そんな大げさな愛情の表現も、照れくさくなくなるようだった。

「そいつは良かった」

永江英哉《ひでや》は、それでもちょっと照れくさそうに言って、

「――さあ、入ってみようじゃないか」

と、智美を促した。

智美は、見たところまるで永江英哉の娘のように見えた。もちろん、見たところほど

若くはない。二十一歳になっているのだった。

しかし、小柄で、しかも愛くるしい丸顔なので、十八歳といっても充分に通用する。四十になったばかりの英哉と二十一歳の智美。——二人を夫婦だと思う者があまりいないのも、当然といえば当然だった。

「すぐにでも住みたいわ」

と、智美は、跳ね橋のほうへ歩き出しながら言った。

「それは無理だよ。まだ電気も通っていないんだから」

「ローソクでいいわ」

「ガスもないよ」

「その辺の枝を集めて燃やすわ」

「君はよっぽど中世のロマンに憧《あこが》れていたんだな」

と、英哉は笑った。「しかし、城の生活なんて、暗くて、殺風景《さっぷうけい》で、味気ないものなんだよ」

「それがいいのよ。私だって、ここでルームサービスを頼もうとは思わないわ」

「一カ月、我慢するんだ。そうすれば、ちゃんと住めるように手入れをする」

「一カ月ね」

智美は、恨《うら》めしそうに、「まるで十年も先のことみたい」

「すぐに過ぎるさ。さあ、足下《あしもと》に気をつけてね」

二人は、跳ね橋を渡って、城門へと歩いて行った。黒ずんだ色の太い鎖が胸壁《きょうへき》から跳ね橋の端へ斜めにピンと張って渡されていた。

「敵が来たら、この鎖で橋を上げるのね。よく映画で見たわ」

と、智美は言った。「――あら、堀にまだ水があるのね」

「危ないよ、端に寄っちゃ！」

と、英哉は智美を抱き止めた。「ちゃんと手すりをつけなきゃ。あんな堀へ落ちたら大変だ」

確かに、堀の水は黒ずんで、淀《よど》んでおり、たとえ泳げる人間でも、落ちたら泥に足を取られて死んでしまうだろうと思われた。たとえ泳げたとしても、這《は》い上がることができないほど、堀の両側は、鋭い急角度に落ち込んでいる。

「でも、手すりなんかつけたら、橋が上がらなくなるじゃないの」

と、智美がつまらなそうに言った。

「今だって錆《さ》びついて上がらないさ。それに、別に敵が攻めて来るわけじゃないんだ。上げる必要はないじゃないか」

「だって……」

と、まだ不満そうな智美を促して、英哉は城門をくぐった。

いわゆる「城」と呼ばれる建物には、王侯貴族が居住した城館・宮殿と、戦闘に向くように造られた、城砦《じょうさい》とがある。

この、十三世紀に建てられたとされる古城は、後者に属していた。小高い山の頂上に造られ、かつ、堀をめぐらせて、敵の侵入に備える。

豪華な装飾や彫刻、きらびやかな大広間とは無縁の、石の塊りであった。しかし、なまじ観光客に開放されている貴族趣味溢《あふ》れた城館より、この、実用本位に造られた城砦のほうが確かに「中世」の感覚を味わわせてくれる、と智美には思われたのだった。

この城が三億円の値で売りに出ていると知って、新婚早々の智美は夫に買ってくれ、とねだった。そして英哉は買ってやったのである。

永江英哉は、日本でも有数の資産家の次男坊で、仕事よりは趣味に生きるのが人生の最上の道と信じる男だった。膨大な数の会社の経営や、外面の運用は長男である兄、和《かず》哉《や》に任せ、自分は若い頃からヨーロッパのほうぼうを回って暮らしていた。

いつしか四十歳になろうとしていた頃、英哉は、ローテンブルグに一週間ほど滞在した。中世の街並みをよく残した町として有名だが、有名になり過ぎて、夏などは観光客で、溢れる。別に混み合う時期に来る必要もない英哉は、人影もまばらになり始める晩秋に、ここへやって来たのだった。

ホテル・アイゼンフットはこの街でも、最も古い、由緒《ゆいしょ》のあるホテルだ。その名のとおり、鉄の兜《かぶと》が建物の前にぶら下がっている。

もちろん、決して大ホテルではないけれど、いかにもヨーロッパ的な風格を感じさせる造りで、英哉は気に入っていた。

ロビーや、階段の上がり口、廊下など、いたるところに古い絵画や彫刻がさり気なく飾られている。いや、およそ飾るというより、建物ができた頃からそこに住みついていた、とでもいうように、そこにあるのだった。

その日、散歩から戻って来ると、ロビーに紛《まぎ》れもない日本人の——それも若い女性たちの声が賑《にぎ》やかに響いていた。正直なところ、英哉は少々顔をしかめていたのである。

なにしろ若い娘たちは、一人一人なら、おとなし過ぎるくらいおとなしいのに、何人か固まると、一人が三人分くらいの元気を出すからだ。

いたって古めかしいエレベーターのほうへと歩き出すと、フロントから声がかかって、英哉あての郵便が手渡された。もちろん兄からである。

「どうせまた、帰って来いって手紙だろう……」

と呟《つぶや》きながら、エレベーターのほうへ歩いて行くと、

「ねえ、これレンブラントよ！」

と、若い娘の声が耳に入った。

「レンブラントって、わりかし有名なんじゃなかった？」

「そうよ、巨匠《きよしよう》なのよ」

「その人の絵がこんなホテルにあるの？」

「知らないの？　このホテルは、それで有名なんだから！」

「へえ！」

娘たちは四人連れだった。その一人が、レンブラントの作だと教えているのは、エレベーターのわきにかけられた、古い絵画であった。

英哉は苦笑した。——確かにあれはレンブラントである。ただし、模写なのだ。いくら由緒正しきホテルでも、レンブラントの本物をエレベーターのわきへ飾ってはおかない。

だが、いかにも得意気にほかの三人へ話をしているその娘の顔を見ると、訂正してやる気にもなれなかった。

英哉は、娘たちが、エレベーターに乗って上がって行くのを、少し離れたところで立って、待っていた。一緒になって話しかけられるのは、少々煩《わずら》わしい。

しかし、結局その日の夕食の席で、英哉はその娘たちと同じテーブルにつくことになったのである。別に招待されたわけではないのだが、ともかくその四人が、ドイツ語のメニューに閉口《へいこう》して、一人で端のテーブルについていた英哉に助けを求めて来たというわけだった。

最初のうちは、少々気が重かった英哉だったが、やはり話していれば次第に華やかな気分になって来る。

娘たちは短大の同期生で、二十歳くらい。四人で、仲のいいグループだったのだが、一人がこの冬に結婚することになり、最後の思い出作りにと、一緒にロマンチック街道の旅にやって来たというわけだった。

英哉は、四人の中でも、あの絵をレンブラントだと話していた娘に、心をひかれた。四人の中でも、リーダー格らしいその娘は若々しい行動力を漲《みなぎ》らせて、輝いていた。ほかの三人のうち、結婚の決まった一人は、もう落ち着き払った感じで、ほかの二人はどことなく退屈そうにしている。

この歴史のあるホテルには、本来なら物静かな女性が似合いそうだが、まるで正反対のその娘——智美が、びっくりするほどよく雰囲気に溶け込んで見えた。

話に花が咲いて、部屋へ引き上げるときには、英哉は明日一日、娘たちを案内して回る役を買って出ていた。

その夜の夢に、智美は早くも顔を出した。——つまり、英哉は智美に一目惚《ひとめぼ》れしてしまったのである。

次の日の朝から、英哉は娘たち四人に、ローテンブルグの町を見せて歩いた。昨夜に比べて、智美はちょっとよそよそしく見えた。

下心に気付かれたのか、と英哉は少しがっかりしていた。案内している間中、智美はあまり英哉に話しかけて来なかった。

どうせ、四人はその日の午後にはローテンブルグの町を出ることになっていた。ホテルへ戻ったのは三時頃で、英哉はロビーで四人と別れた。

一人、部屋へ戻って、ベッドに横になる。――英哉は、あの四人に、もう一泊してはとすすめたかった。しかし、彼女らには、先のスケジュールがある。

こうして、なんとなく心を残しながら別れるのがいいのかもしれない、と英哉は自分に言い聞かせた。どうせこっちは四十。相手は二十一という若さである。

本気で相手にしてくれるわけがない。

そんなことを考えていると、ドアをノックする音がして、出てみると驚いたことに智美がちょっと照れくさそうに立っている。

「お礼が言いたくて……」

と、智美は目を伏せながら言った。「ずいぶんご迷惑をかけたんじゃないかと思って……」

「とんでもない。楽しかったよ」

英哉は力をこめて言った。智美は顔を上げて、英哉の目をじっと見つめた。

「本当に？」

「もちろん」

智美は、ちょっとためらいがちに、英哉の肩越しに部屋の中を見た。

「入ったら？」

そう言ってから、英哉はあわてて、「つまり――このホテルは、どの部屋も全部造りが違うんだ。空いてる部屋を覗《のぞ》くだけでも面白いよ」

と、説明を付け加えた。

「そう？――道理で、私たちの部屋と違ってると思ったわ」

智美は中へ入って来ると、古びた木の調度や、大きくはないが、がっしりと作られたベッドなどを眺《なが》めた。

「いつ……発《た》つんだい？」

英哉はドアを閉めて、訊《き》いた。

「え？　ああ――あの――一時間したら、下のロビーで落ち合うの。みんな、おみやげ買いに出てるのよ」

「そうか。――この町は気に入った？」

英哉は、ゆっくりと智美に歩み寄りながら訊いた。

「ええ。――とっても」

智美は、退《さ》がらなかった。目の前、ほんの十センチほどのところに、英哉の顔があった。

「それは良かった」

と、英哉は言った。「——どこが気に入ったの？」

「どこって……。はっきり言えないの」

智美は、一言一言、かみしめるように言った。「部分じゃなくて、全体が……。なんていうか、落ち着いていて、静かで、でも、その底に何か熱いものを湛《たた》えていて……」

「歴史ってものだよ、それは」

「ええ、そうね。でも、ただ古いだけだったら、そんなに心ひかれないと思うの。つまり——なんというか——昔のままのものが、形だけじゃなくて、昔の心と一緒に残っていて……若々しさっていうか、ロマンの匂いが、まだ漂ってるようで……」

「そうだね。それは本当にいい言葉だ」

英哉は胸苦しい衝動に突き上げられて、そっと右手の指を、智美の顎《あご》にかけて持ち上げた。智美はされるままになっていた。

「きっと忘れられない町になるよ……」

と、英哉は言った。

「ええ、忘れられないわ。一目見たときから、もう分かってたの……。自分が夢中になってるってことが……」

「この町に来たら、みんなそうなんだ……」

「いいえ、私だけよ……。私だけ……」

二人の唇が出会った。

「──本当は一日じゃ分からないんだ。この町の良さは」

英哉は囁《ささや》くように言った。

「ええ、私もそう思うわ」

ため息と共に智美が肯《うなず》く。「もっともっといたいわ……。できることなら、ずっと……」

「しかし……君はほかにも行くところがあるんだろう」

英哉は智美の、しなやかな弾力を感じさせる体を抱いた。智美の手が、おずおずと英哉の背中に回る。

「そんなこと、いいの……これ以上なんてこと……あるわけないんですもの……」

「じゃ……ここに住みついてもいいのかい？」

「ええ」

智美は熱い息と共に言った。「私は、そうしたいの！」

そこで英哉は、再び町を案内することにした。まずいちばん手近な場所──彼のベッ

ド へ。

——一時間が過ぎて、ロビーには三人の娘たちが集まっていたが、智美はいっこうにやって来なかった。

「どこに行っちゃったのかしら、智美？」

「さあ……。迷子《まいご》になったのと違う？」

「まさか！　智美はきちんとしてるじゃないの」

三人がブツクサ言っている間に、三十分が過ぎた。

「——ホテルの人に話して、捜してもらおうよ！」

たまりかねて、一人が立ち上がった。そのとき、

「見て！」

と、ほかの一人が叫んだ。

階段を、智美が降りて来る。一人ではなかった。英哉と腕を組んでいた。

もちろん、智美はさっきまでと同じ軽装だったが、三人の友人たちには、ウェディングドレスを着ているように見えた——これは、彼女たちの、後に語ったところである。

城内に入ると、さらに内壁が目の前に立ちはだかっている。長い年月、風雨にさらされて来たが、どこも崩れてはいなかった。

「確かに保存状態のいい城だな」

と、英哉は言った。「業者の話もあながち嘘じゃないようだ」

「今すぐにも住めそうじゃない？」

と言ってから、智美はクスッと笑った。「冗談よ。一カ月は待つわ」

「急がせるさ。心配するな」

と、英哉は智美の肩を軽く抱いた。

「どこから入るの？」

「その階段だ。——ちょっと大変だぞ。エスカレーターはないんだからね」

「それがいいところじゃないの」

智美は石段を、門塔の上に開いた戸口へと上がって行った。

「上の小窓は何かしら？」

その入口のところで足を止めると、智美は、ちょうど入口の真上に、少し突き出た小さな出窓を見上げて言った。

「あれはペヒナーゼというんだ。この戸を閉めたまま、門衛と、訪れた者が話をするためさ」

「インタホンね」

「そんなところかな」

と、英哉は笑って、「いざ戦闘となったら、あそこから、下を通る敵の頭上に熱湯なんかをかけたものなんだよ」

「あ、そうか。——それも映画で見たことあるな」

「さあ入ろう」

その戸口は、もう扉が外《はず》されたままになっていた。薄暗い通路を抜けると、中庭が開ける。

「——タイムマシンに乗って、中世に戻ったみたい!」

と、智美が言った。

正面に、二階建ての居館《パラス》があり、武骨な石造りの煙突が突き出ていた。右手には大きな四角い塔がそそり立っていて、そこから、グルリと中庭を囲んで、尖《とが》った屋根のついた防御回廊がめぐっている。

「あの塔は何なの?」

「あれか。そうだね、日本の城なら、さしずめ、本丸か天守閣というところかな」

と英哉は言った。

高さは、四、五階建てのビルくらいもあって、塔といっても、ずんぐりと太い。

「上のほうにはもちろん見張りが立つ。それに山道を敵が上って来ても、あの上から、攻撃できる。——まあ、城がいよいよ危ないというときの、最後の拠点ともいえるんだ」

「こっちの住むところとつながってるの？」

「いや、普通はつながっていない。どこからでも入れるんじゃ、防ぐのに不便だろ。だから、たいてい入口は高いところに一つしか造られていないんだ」

「あの、真ん中あたりにポッカリ開いてるのがそうかしら？　でも、どうやって入るの？」

「梯子《はしご》をかけるんだ。いざというときは、それを外しちまえば、敵は入って来られないからね」

「凄《すご》いわね。夫婦喧嘩したら、あそこへ入って梯子を上げちゃおうかな」

智美は微笑みながら言った。

「さて、肝心の住むところへ入ってみよう」

と、言いながら、英哉は上衣のポケットに手を突っ込んで、「――しまった！」

と舌打ちした。

「どうしたの？」

「鍵がかかってるんだ。その鍵を預かってて――車へ置いて来ちまった。すぐ取って来るよ」

「いいわよ。ここで待ってる」

「そうかい？　あんまりあちこち行かないで。いくら保存状態がいいといっても、古いからね。穴にでも落ちると危ない」

「分かってるわ。大丈夫」

「じゃ、すぐに戻るよ」

英哉が、門塔のほうへと、小走りに姿を消す。

智美は、中庭の真ん中に立ってゆっくりと周囲を見回した。屋根のついた、古びた井戸がある。その反対側に、小さな建物があった。

十字架が尖《とが》った屋根の上に、まだ残っている。――礼拝堂《れいはいどう》である。

城には必ず礼拝堂があるものだ。智美は興味を引かれて、そのほうへ歩いて行った。

黒ずんだ、重そうな木の扉が閉じている。

ためしに、取り付けてある鉄の環を力をこめて引いてみると、きしみながらも、意外に易々《やすやす》と扉が開いて来た。

中は、教会をそのまま小さくしたような造りで、正面に十字架と祭壇が、小さな窓から入る光を受けているのが目に入った。

両側に固そうな木のベンチがいくつか並び、その間を歩いて行くと、かびくさい臭《にお》いが、鼻をついた。

この礼拝堂で、数百年も前の住人たちは、朝夕、祈りを捧げていたのだと思うと、およそ信仰心のない智美も、なんとなく厳粛《げんしゅく》な気持ちになって来るのだった。

祭壇の前まで来て、智美は足下に目をやると、ふと眉を寄せた。

床は、白い埃《ほこり》がつもっているのだが、そこにいくつかの足跡が残っていたのだ。

——新しいものらしい。

「誰かしら？」

と、智美は呟《つぶや》いた。

ここを売った不動産業者か誰かが、入って来たのかもしれない。——その足跡を目で追った智美は、妙なことに気付いた。

足跡が、祭壇わきの壁の前で、途切《とぎ》れているのだ。まるで壁の中へ、消えてしまったかのように。

これが智美の好奇心を刺激しないわけがない！　その壁のほうへと歩み寄る。

板張りの上に、かつては何か絵が描かれていたらしい。今は白っぽく、まだらの汚れに過ぎない。

これが隠し扉か何かになっているのかもしれない。壁のあちこちを押してみる。

「動かないわね……」

と、諦《あきら》めかけ、わきへ退がろうとして、祭壇の両脇に立っている燭《しよく》台《だい》に手がふれ、燭台が倒れてしまった。

とたんに——信じられないくらいの速さで、壁がサッと横へ滑って、ポッカリと口が開いた。

智美は悲鳴をあげそうになった。中に、誰か《ヽ》が立っていたのである。

一瞬、それは黒い衣をまとった、大男のように見えた。——が、やがて、それが生きた人間ではないことが、智美にも分かって来た。

「——これは——まさか——」

智美は、恐る恐る、その入口へと歩み寄った。

そこは、狭苦しい小部屋で、人が五、六人も入れれば身動きできなくなりそうな、窓も何もない、小さな空間だった。

床が、一段下がっている。ひどく黒ずんで見えた。

「やっぱり……。でも、こんなところに……」

智美は、思わず呟《つぶや》いていた。

そこにじっと立っているのは、〈鉄の処女〉だった。

ローテンブルグの「犯罪博物館」で見たことがある。中世の、処刑具の一つだ。

智美も、話には聞いていたが、実際にそれを目の前にしたときには、身震《みぶる》いが出た。

それは、智美よりも少し大きな、木の人形である。ただし、鉄のたが《ヽ》がはまっていて、ちょうどマントを着ているように、首から下は、わずかに末広がりに真っ直ぐ、床に達している。

この人形は、ちょうど真ん中から――つまり、顔の正面から、左右へ二つに割れ、扉のように、開く仕掛けになっていて、中は、空洞で、処刑される人間がスッポリと入りこむ大きさに作ってある。

罪人は、縛《しば》られた上で、この〈鉄の処女〉の中へ立たされる。そして、扉が閉じられるのだ。――扉の内側には、何十という鋭い刃が、内へ向けて取り付けてあり、閉じると共に、その刃が罪人の体中を刺《さ》し貫《つらぬ》くようになっているのである。

この像の無気味なのは、この殺人機械が、処女マリアを象《かたど》って、作られていることだろう。つまり、聖なる処女の腕に抱かれて、息絶えるというわけである。

ゴクリと唾《つば》を飲み込んで、智美は、中へ足を踏み入れた。

鉄の処女は、今、腕を開いて、犠牲者を待ちくたびれているように見えた。

黒ずんだ、固い木の面に、細い割れ目が走って、古びた印象を与える。

それにしても、礼拝堂の中に、なぜこんな隠し部屋があるのだろう？　そして、この鉄の処女はなぜ置かれているのか？

智美は、恐る恐る手をのばして、その黒々とした木の肌に指先を触れてみた。ざらつくような感触がある。

尖《とが》った刃の一本に、そっと指を当ててみる。もちろん、鋭い刃先の切れ味は失われているだろうが、充分に硬く、尖っていた。

暗さに目が慣れて来ると、智美は、その刃が、黒く汚れているのに気付いた。——血だろうか？

智美はゾッとした。

この鉄の処女は、おそらくここで、本当に使われていたのだ。床が黒ずんでいるのは、何十という刺し傷から流れ出た血が、床を浸《ひた》したからではないか。床が一段低く造られているのは、血が隙間から流れ出さないための工夫ではなかったのか。

とても、中世のロマンに浸るという気分ではなかった。

智美は、しばし凍りついたように立ちすくんで動けなかった。

——その人物は、開いたままの扉から、静かに礼拝堂の中へと入って来た。

足音を殺して、ベンチの間を進んで来ると、開いた隠し戸のほうへと、わきを回って近づいて行った。

智美は、何度か深呼吸をして、やっと、落ち着いた。——もうこんなところは出よう。

一人でこんな場所へ入り込んでいるのを見たら、彼がきっと怒るだろう。

こんな物は片付けてしまわなくては。

「それにしても、神聖な礼拝堂の中に、こんな血なまぐさい道具があるなんて……」

と、首を振りながら、智美は呟いた。

さて、と肩をすくめて、振り向こうとしたとき、トン、と一段、床へ足を降ろす音がした。

振り向く間もなかった。

誰かの手が、智美の背中を強く押した。智美の体は、鉄の処女の中へと吸い込まれるように倒れかかり、ぶつかった。

ギーッと、どこかの金具のきしむ音。そして、智美は、転《ころ》びかけてやっと立ち直った。

驚くべき、滑らかな動きで、鉄の処女は、閉じようとしていた。

「いや！」

と智美は叫んだ。

鉄の処女は、静かに、速やかに、智美の体を抱きしめて閉じた。

そして三年後。

東京（もちろん、日本）……。

第一章　危険《キけん》な女神《めがミ》

1

やがて春になろうとしている。

だが、まだ春ではないから、「春眠暁《しゆんみんあかつき》を覚《おぼ》えず」の季節には少々早い。それでも、片山義太郎《かたやまよしたろう》には眠い午後であった。

警視庁捜査一課の敏腕（かどうかは議論のあるところかもしれないが）刑事が、欠伸《あくび》をかみ殺しもせずに、大口をあけて、

「ウワーオ」

と咆《ほ》えているというのは、ある意味では結構なことかもしれなかった。

だが、どんな凶悪犯を追ってたって、眠いときには眠くなるのが人間的というものだ、と片山義太郎は信じていた。従《したが》って、昼食をたらふく食べて、捜査一課へ戻って来た

とき、欠伸が出るというのは、実に、非人間的な現代社会における人間性の回復にほかならないのである。

もっとも、上司たる、課長の栗原《くりはら》はそう考えてくれないようであった。

「片山！」

と、声が飛んで来ると、片山の欠伸は、ピタリと止まって、

「は、はい！」

と、あわてて課長の席へ。「何か──ご用ですか？」

「今、何をしてた？」

「はあ、その……昼休みなので欠伸を──」

「すると休み時間以外は欠伸をしないというわけか？　よし、今度からよく見といてやる」

まったくもう、この皮肉屋め！　片山は内心栗原に毒づいてやった。もちろん内心のみである。

「暇《ひま》そうだな」

と、栗原は言った。

つい前々日まで、片山が迷宮入り寸前の殺人事件で、駆け回り、珍しく（？）独力で解決、犯人を逮捕したのを、栗原とて承知している。それでも、ねぎらいの言葉という

のがあまり出て来ないのは、上司というものの特性であろうか。

「いえ別に……」

「忙しいのか?」

「いえ別に……」

少し休ませてください、とはなかなか言えないところが、片山の人の良さである。真面目というのとは少し違う。仕事がしたいわけではないが、休むには少々後ろめたさを感じるという、もう三十に手の届く、微妙な世代である。

「じゃ、この資料をよく読んどけ」

と、栗原は、何やら分厚い封筒を机の上に置いた。

「——事件ですか?」

と、片山が訊くと、栗原はニヤニヤ笑いながら、

「いい質問だ」

と椅子に寛《くつろ》いだ。「お前は俺が、海外旅行のパンフレットでも渡すと思ってるのか?」

「いいえ」

と片山はふてくされた顔で言った。

「よし。じゃ、それをよく読んどけ。俺はこれから会議だ」

「分かりました」

「今日は自宅へ帰っていいぞ」

片山は耳を疑った。

「――なんとおっしゃいました?」

「自宅でその資料をよく検討して来い。それから、明日、朝十時に、俺と出かける。遅刻するなよ」

「分かりました!」

片山は急に目が覚《さ》めた。家で読んで来いというのだ。いくらややこしい事件の資料でも、ヒンズー語か何かで書いてなければ、今夜ゆっくり読めば大丈夫だろう。

つまり、午後は半日、休みみたいなものだ。片山は、さっさと机の上を片付けて、一課の部屋を出た。

ちょうど、根本《ねもと》刑事が、足を引きずるようにして帰って来るのに出くわした。

「あ、根本さん、お帰りなさい」

「なんだ、片山、いやに元気がいいな」

「自宅で資料を読めと言われて、帰るとこなんです」

ついニヤニヤ笑ってしまう。根本はいやに深刻そうな顔で肯《うなず》くと、

「そうか。――俺もそんなことじゃないかと思ったよ」

と言った。「まあ、次の就職先が決まったら、教えてくれ。そのうち、一杯やろう」

片山はキョトンとして、

「次の——何です？」

と訊いた。

「分からないのか？　自宅で資料を読めなんて、要するに人減らしの一つさ。予算が苦しいから、不要な人材はどんどん削《けず》って行くんだ」

「はあ……」

「ま、元気出せよ。じゃ、また縁があったら会おうぜ」

根本が、片山の肩を、慰《なぐさ》めるように叩いた。片山のほうも、つい、

「お世話になりました」

と頭を下げていた……。

警視庁を出ると、片山は、手近な喫茶店に入った。——アルコールはてんで受けつけないので、スナックやバーの類《たぐ》いには縁がないのである。

「どうなってんだ？」

本当に根本の言うとおり、これは辞職勧告なのだろうか？　しかし、それもなんだか妙である。片山はとっくに栗原へ辞表を出してあるのだ。それを栗原がしまい込んでいるだけなのである。

ともかく、どんな事件の資料なのか、ちょっと見てみよう。

片山は、栗原に渡された封筒を逆《さか》さにした。ドサドサッと、テーブルの上に落ちたのは——。片山が、目を丸くした。

〈ドイツへのお誘い〉〈古城と森の旅・ロマンチック街道二週間〉〈ドイツ旅行のポイント〉……。

どれもこれも、カラフルな写真の溢《あふ》れた、旅行案内のパンフレットである。おまけに、〈ドイツ・ハネムーンガイド〉なんてのまで混ざっている！

「課長、イカレちまったんじゃないか？」

と、片山は呟いた。

「まあ素敵」

コーヒーを運んで来たウェイトレスが、そのパンフレットを見て言った。「ロマンチック街道って、一度行ってみたかったの！　お客さん行くんですか？　いいですねえ！　ハネムーン？」

「相手もなしでかい？」

と片山は苦笑しながら言った。

「あら、それじゃ、私どう？」

「君が？」

「そう！　ハネムーンから帰ったら離婚すりゃいいじゃないの！」

ウェイトレスがぐっと迫って来た。太り気味で、またやけにバストの巨大な娘だったので、片山は圧倒されて、のけぞった。

「や、やめてくれよ。冗談もほどほどに――」

と言いかけて、片山は椅子ごと後ろへ引っくり返った。


「きっと課長が、渡す封筒を間違えたんだ」

片山は、アパートの階段を上がりながら、呟いた。

確かに、これが唯一の論理的解釈で、アパートの二匹のメス――いや、二人の女性も、反対しないだろう、と思った。

なにしろ二人とも負けず劣らず、口やかましいのだ。

ドアが開いている。――不用心だな。

「ただいま」

と入って、片山はギョッとした。

部屋には、服や下着、タオルなどが、散乱していた。――空巣《あきす》だ！

「晴美《はるみ》！――晴美！」

片山は奥の部屋へ飛び込んだ。そこも、押入れの引出しは開けられ、洋服ダンスの中身はぶちまけられ、足の踏み場もない。

晴美は大丈夫だろうか？――お断わりしておくと、片山晴美は、片山の妻でなく、妹である。もっとも、はた目には小姑《こじゅうと》のように見えるかもしれない。

「晴美！――どこにいるんだ！」

確か今日は勤めを休んで家にいると言っていた。買い物にでも出ていたのなら、無事だろうが、なまじ出くわしていたら危険だ。

「晴美！――晴美！」

片山は片っ端から押入れや、浴室の中を開けた。

「――お兄さん！」

振り向くと、晴美が大きな紙袋を両手にさげて立っている。「何してるの？」

「無事だったのか！」

「なんですって？」

「空巣だ！　見ろよ、この散らかし方。お前がいなくて良かったと――」

「これ、私がやったのよ」

と晴美は言った。

「お前が？」

片山はポカンとして、「しかし——どうして——」

「旅行の仕度じゃないの」

「旅行？」

「そうよ。お兄さんのパンツ、穴のあいたのが多かったから、買って来といたわ」

「どこへ旅行するんだ？」

「ドイツに決まってるでしょ。栗原さんに聞かなかったの？」

片山は呆然《ぼうぜん》として、手にした封筒を眺めていた。

「それよりねえ」

と晴美が、腰に手を当てて、片山をにらんだ。「土足で上がるってのは、どういうこと？　早く脱いで置いてらっしゃい！」

「ニャーゴ」

もう一人の女が、おどかすように鳴いた。

「まったく、課長も人が悪い！」

片山は文句を言いながら、焼肉を口の中へ放り込んだ。そして熱さに目を丸くして飛び上がりそうになる。

「お兄さんって、ついからかってみたくなるのよ」

と晴美は、青い煙を出している肉をはしでつまむと、

「はい、ホームズ。やけどしないように、さめてから食べるのよ」

テーブルの下で待機している一匹の三毛猫の鼻先へと置いた。

「ニャーゴ」

待ってろ、なんて殺生《せっしょう》だよ、とでもいうのか、少々侘《わび》しげな声を出す。——この三毛猫、名はホームズ。片山家にすでに長く居候《いそうろう》しているのだが、今では、片山のほうがどことなく小さくならなくてはいけない状況に追いやられている。

メスで年齢は不詳《ふしょう》ながら、まだまだツヤのある毛並みは若々しい。しかし、その辺の猫とは違っていて——いや、かなり違っていて、高度の知性を有しているのである。

そのせいかどうか、毛の色も、顔は茶、黒、白の三色アイス（?）、前肢は黒と白にはっきりと色分けされているというユニークさ。これなら、どこへ行っても見間違いようがあるまい。

「それにしても、気味が悪いな」

「あら、何が?」

「あの課長が、ドイツへ旅行して来いと言い出すなんて。これはただ事じゃない。きっと大地震の前兆《ぜんちょう》だ」

片山は大真面目に言った。

「もっと素直になりなさいよ。人相が悪くなるわよ」

晴美は、人の心をグサリと刺すような鋭いことを言うのがクセなのである。

――ところで、ここは片山のアパートではない。手回しのいい晴美がもう荷物まで造ってしまったので、なんとなく明日にでも出発しようというムード。食事の仕度をする気分じゃない、というわけで、近くの焼肉屋へとやって来て夕食の最中なのである。

「しかし、やっぱり変だよ」

と片山はしつこく言った。「いったい金はどうするんだ？　俺の分は出張旅費になるとしても、お前の分まで出るわけがない」

「あら、本当に何も聞いてないの？」

と、晴美はコップのビールをぐいとあけて、

「――お金はね、永江さんって人から出るのよ」

「永江……。誰だ、それ？」

「なんでも五つも六つも会社を持ってるお金持ちなんですって。その人のドイツ旅行に同行するのよ、私たち」

「どうしてその永江とかってのが、俺たちを連れてってくれるんだ？」

「あちらにね、その人の弟さんが暮らしてるらしいんだけど、どうも様子がおかしいん

ですって。それで、あちらの警察に、いろいろと調査を依頼したけど、いっこうにらちがあかない。それで、自分が出向くことにしたんだけど、危険な事態も予測されるので——」

「おい、待てよ」

と片山が驚いて、「お前、そんな話を誰から聞いたんだ？」

「もちろん栗原さんよ」

「課長から？」

どうして部下の俺に言わず、妹に言うんだ！　片山はすっかりむくれてしまった。

「——お兄さん、明日その人に会って話を聞くことになってるんでしょ？」

課長が言ってたのはそのことか。

「さあね。俺はただの荷物持ちだからな」

「すねちゃって、もう！」

と晴美がクスクス笑い出す。「——一応、表向きは仕事ということにしてあるけど、私やホームズにまで一緒に行けっていうんだもの、中身は休暇旅行なのよ。栗原さん流の気のつかい方なんだわ」

「あの人はそういう人さ。首を吊るときには、わざわざ椅子をけっとばしてくれるほど、よく気のつく人だ」

片山は精一杯の皮肉を飛ばして肉を貪《むさぼ》るように食べた。

「──あら、よく食べるわね。それじゃ足らなくなっちゃいそう。──ちょっと！　すみません」

と、眠そうな顔のウェイトレスを呼んで、「肉をあと三人前追加して」

片山が目を丸くして、

「おい、俺はもう入らないよ」

「いいのよ。もう一つ、特大の胃袋がやって来るから」

「特大の？」

片山は、いやな予感がした。「おい、まさか──」

言い終わらないうちに、予感は的中した。店の戸をガラリと開けて、石津《いしづ》の大きな体が現われたのである。

「石津さん！　ここよ」

と晴美が呼ぶと、飼い犬のごとく尻尾を振って（というのは、もちろん比喩《ひゆ》である）、石津がやって来る。

「遅れてすみません！　なにしろ死体を一つ片付けてたもんですから」

周囲の客がギョッとして顔を上げたのにもいっこうに気付かず、石津刑事は炭火の上の網に、はや肉の姿が見えないせいか、とたんに顔を曇らせた。目の前で犯人に逃げられたって、こうもがっかりしないだろう。

「——こんなことじゃないかと思ったんです。遅れるってことは、人生の悲劇ですねえ」

と哲学的なことを言い出したが、ウェイトレスが、肉を盛った皿を運んで来ると、哲学は宇宙の彼方《かなた》へ飛んで行ったようだった。

この目黒《めぐろ》署の若き刑事は、良くいえば純情、悪くいえば単純で、一途《いちず》に晴美に恋心を燃やしているのである。

——当然、晴美の父親代わりを自認している片山としては面白くない。しかし、あれやこれやと、いくつかの事件で付き合っているので、どうにも憎めなくなっているのも事実なのである。

「——どうしてお前がこの席に呼ばれたんだ?」

と片山は訊《き》いたが、石津のほうは、ともかく目に入るのは肉ばかり、耳に入るのは肉の焼ける音ばかり、鼻に入るのは肉の焼ける匂いばかりという状態なので、返事もしない。従《したが》って晴美が代わって答えた。

「私が招いたのよ」

「そりゃ分かってるけど——」

「だって、いろいろと打ち合わせしといたほうがいいでしょ?」

「そりゃそうだな」

と言ってから、「——何の打ち合わせをするんだ？」

と訊いた。

「今度のドイツ旅行よ。決まってるじゃないの」

「おい、待てよ、まさか……」

片山は絶句《ぜっく》した。

「ありがとうございます」

と、口をモグモグやりながら、石津が言った。「片山さんが、ぜひとも僕を一緒に連れて行きたいとおっしゃったそうで。——必ずやお役に立ちます！　荷物運びならこの石津にお任せください！」

まるで選挙演説である。片山のほうは、といえば、真っ先に落選を決めた候補者、といったところであった。

「あ、しまった！」

と石津が言った。

肉を一かけら、テーブルの下に落としてしまったのである。ああもったいない、とテーブルの下を覗き込んだ石津は、ホームズとご対面となった。

「わっ！」

図体《ずうたい》が大きいくせに猫恐怖症の石津は、あわてて席から飛び上がった。「そ、そこにおいでとは存じませんで……」

ホームズは、いとも涼しい顔で、落ちて来た肉をペロリと平らげた。

焼肉屋の女主人は、なんだか妙なのばかり集まっているテーブルを眺めながら、警察へ知らせたほうがいいかしら、と、思い悩んでいた。

超近代的なオフィス。

ツルツルに磨《みが》き上げられた廊下に、明るい照明。スッキリした造り、どこに人間がいるのかと思う静かさ……。

片山は、栗原警視と一緒に、一階のホールへと入って行った。

ホテルとは違うから、別にソファが並んでいるわけではない。

三階ぐらいの高さまで吹き抜けになったホールは、中央にギリシャ風の彫刻だけがポツリと置かれている。

「静かですねえ」

と片山は言った。「それに清潔で、広々としてるし……。これならいかにも仕事をしようって環境ですよ」

栗原はジロリと片山を見て、

「それは俺への不満か？」

と訊いた。「捜査一課は薄汚なくて騒がしいと言いたいのか？」

「そうじゃありませんよ」

と片山は澄《す》まして言った。

なにしろ、少しは言ってやらないと気が済まない。朝、栗原に、

「どうして僕に言わずに、妹にあんな詳しい話をするんです？」

と訊いてみると、

「お前に言うより、よっぽど正確に伝わるだろうと思ってな」

と言われて、頭に来たのである。

——それはともかく、二人は、永江和哉に会うため、この〈第五永江ビル〉にやって来た。

「〈第五〉っていうからには、ほかにもビルがあるんですね」

エレベーターの呼びボタンを押しながら、片山が言った。

「二十や三十は持っとるようだ。——一つぐらい只《ただ》で貸してくれんかな」

栗原も勝手なことを言っている。

エレベーターが降りて来て、扉が開いた。

「——何階でしょうね」

た。

「社長室は最上階だと言っとった」

「いちばん上ですか」

火事のときはどうするんだろう、と心配になりながら、片山は最上階のボタンを押した。

――ドドド、と妙な音が近づいて来た。

「おい、誰か走って来るぞ」

足音だ。しかし、それにしても、こんな静かなビルの中にはふさわしくない、騒々しさである。

「待って！　待って！」

と、叫ぶ声まで聞こえる。

仕方なく、片山は閉じかけた扉を、〈開〉ボタンを押して開けておいた。そんなに焦《あせ》らなくたって、これが最終便ってわけじゃないのだが。

――床がツルツルし過ぎるのが原因であった。その女性はエレベーターの前で足を緩《ゆる》める――つもりではあったらしい。

しかし、勢いがつきすぎていて、あたかもアイススケートの如く、サーッと滑走したと思うと、エレベーターの中へ飛び込んで来たのである。よける間もなかった。片山は、その女性ともろにぶつかって、エレベーターの床にみごとに引っくり返った。

「ご、ごめんなさい！　大丈夫？」

「ま、まあ――なんとか――」

片山はもがいた。

「こんなつもりじゃなかったんです！　本当に止まろうと思ったんだけど、勢いがついてて、床は滑るし、それにハイヒールなんて、めったにはかないでしょ。だからブレーキがきかなくて――」

「どうでもいいから、ともかく僕の上からどいてくれ！」

と片山は叫んだ。

――エレベーターは二十階へ向かって、上がり始めた。

「じゃ、あなたが用心棒なんですか？」

とその娘は言った。

「僕は刑事で、用心棒じゃない！」

「でも、ボディガードには違いないんでしょ？　よろしく。私、由谷圭子《よしたにけいこ》。永江のおじさんの姪《めい》なんです」

「君も行くのか」

「そうです。――楽しみだわ、ヨーロッパなんて、初めてなんだもの！」

由谷圭子というその娘、年齢は二十一、二というところだろうか、確かに、気立ては悪くなさそうである。しかし、ともかく――大きいのである。

上にのしかかられて、片山がどうにも動けなかった、という一事をもってしても、その重量は想像がつこうというもので、背丈《せたけ》はさほどでもなく、長身の片山の肩より少し上というところだったが、幅のほうは片山の倍はあろうかという――ちょっとオーバーかもしれないが、見たところはそんな印象だったのである。

片山は、ひそかに、新しいビルにしてはエレベーターの上がる速度が遅いのは、由谷圭子のせいではないか、などと考えていた。

「ああ暑い！　私、太っているから、汗っかきなの。ねえ、あっちは暑いんでしょうか？」

「さあね」

「水着は持ってったほうがいいと思います？」

夕ヒチかどこかへ行くつもりらしい。

ただ……片山は、ちょっと落ち着いて――というのは、さっきのショックから、完全には立ち直っていなかったからだが――眺めてみて、どうも妙だな、と思い始めていた。

由谷圭子という娘、どう見たところで、良家の令嬢というイメージからは、ほど遠いのである。いや、太っているのは別としても、髪はバッサリと男の子みたいに切ったまま、放ってある感じだし、金太郎みたいに、真ん丸な顔も、赤く陽焼けして、いかにも健康そうだ。そして服装——これが、今時こんなのを売ってる店があるのだろうかと首をひねりたくなるような、花柄の古めかしいワンピースなのである。それに、必死で体重を支えて、時々悲鳴に似た音を立てているハイヒールという珍妙な取り合わせ。

晴美だったら、こんな格好をするくらいなら死んだほうがましだと言うに違いない。永江和哉のような大金持ちの姪としては、いかにも垢《あか》抜けない、安物ばかりを集めたようなスタイルに、片山は少々妙な気がしたのである。

二十階にエレベーターが着く。扉が開いて、目の前に高いカウンターがあった。いかにも〈受付〉ですといった顔の、美女が正面に座っていた。

栗原が来意を告げると、手もとの電話で二言三言、すぐに立ち上がって、

「こちらへどうぞ」

と歩き出す。

この廊下では、由谷圭子も滑走する心配はなかった。分厚い絨毯《じゅうたん》が敷きつめられていたのだ。

案内されたのは、応接室——というよりは、サロンという趣《おもむ》きの広い部屋で、ソファがゆったりとしたスペースを取って置かれていた。

先客が一人あった。——二十五歳くらいの、ノッポの若者である。

昼間から、持って来させたらしいウイスキーのグラスを手にしていて、何が気に食わ

ないのか、いたるところをにらみつけているという感じだ。

「——あ、紳也《しんや》さん」

と、由谷圭子が言った。

「なんだ、圭子か」

と、その紳也という若者は、相変わらずつまらなそうに、「お前も行くのか？」

「はい。連れてっていただけることになって——」

「ふうん。親父も人がいいからな。おとなしくしてろよ」

「ええ、よく分かってます」

由谷圭子は、いちばん隅のほうへと引っ込んで、チョコンと椅子に腰をかけた。

片山は、なんだか妙な気がした。——この紳也という若者、どうやら永江の息子らしいが、それなら由谷圭子とは従兄妹同士というわけである。

それにしては、紳也の、由谷圭子への態度は、まるで使用人へのそれである。

片山と栗原が手近なソファに落ち着くと、ドアが開いて、さっきの〈受付〉嬢が冷たい飲み物を運んで来てくれた。

「——永江さんは」

と栗原が訊くと、

「十分ほど会議が長引いておりまして」

との返事。

仕方ない。栗原と片山は、飲み物に口をつけながら、待つことにした。

ドアが開いて、キツネが一匹入って来た。——いや、これはもちろん比喩的表現である。

細くて、ちょっと吊り上がった目のその婦人は、ツカツカと紳也という若者のほうへ歩いて行った。

「やあ、母さん」

と紳也が言った。「珍しいね、こんなに早く着くなんて」

母親? 片山は目を見張った。……確かに紳也の娘には見えないが、それにしても、せいぜい三十七、八というところではないか。ほっそりとして、いかにも高価な服、ネックレス、イヤリング、指環、鼻環——はつけてない——という、由谷圭子とは正反対のいでたちである。

どうやら、後妻《ごさい》というところではないだろうか。

「あの人たち、何なの?」

と、片山たちのほうを見て、聞こえよがしに言った。

「きっと旅行社の奴だよ」

紳也の言葉に、さすがに栗原もムッとしたらしい。立ち上がって、名乗りを上げかけたが、その前に、またドアが開いて、今度は三十歳ぐらいの、見るからにエリートビジネスマンというタイプの男が入って来た。

「これは奥様――」

と、あのメスギツネ夫人のほうへ歩み寄って挨拶《あいさつ》をする。

「北村《きたむら》さん、頼りにしてるわよ」

とメスギツネ夫人が言った。

北村という男は、銀ブチのメガネをちょっと直して、片山たちのほうへやって来た。

「警視庁の方ですね？」

栗原が、

「そうです！」

と、わざと大きな声で言った。「捜査一課長の栗原です。これは片山刑事」

「では、我々とご同行いただけるという――」

「そうです。捜査一課の重要な戦力なのですが、永江さんのたってのご依頼というので、仕方なくお貸しすることにしました」

片山は、栗原の「重要な戦力」あたりではいい気分になっていたが、貸し出されるというのは、ちょっと引っかかった。レンタカーやレンタサイクルじゃないのだ。

しかし、北村という男は、いたってソツのない笑顔を見せて、

「私、永江様の秘書を務めさせていただいております、北村と申します。このたびは本当にご迷惑なことをお願いいたしまして――」

立て板に水、とまくし立てられると、つい片山のほうもヘラヘラと笑いながら、

「いえ、まあ、こちらこそよろしく……」

などと挨拶しているのだった。

それに片山のほうとしても、晴美、ホームズ、石津という付き添いがある（どっちが付き添いかはともかく）というひけ目もあって、あまり大きな顔はできない。

「ご紹介しましょう」

と、北村は言った。「こちらが永江社長の奥様でいらっしゃいます」

「妻の有恵《ありえ》です」

と、キツネ夫人が、あくまで尊大なポーズを崩さずに言った。

「で、お隣りがご子息の紳也さんです」

「どうも――」

紳也は、たいして関心のない様子で、ほとんど空になったグラスを上げて見せた。

片山は、エレベーターでぶつかられた、あの由谷圭子が、隅のほうで立ち上がるのを見ていた。当然、次は彼女が紹介されるはずである。

ところが、北村は、腕時計を見て、

「さて、そろそろ永江様もおいでになると思います」

と、由谷圭子を紹介せずに話を変えたのだった。

片山は、由谷圭子が、ゆっくりと腰をおろすのを見た。——北村が彼女に気付かなかったはずはない。いくら広いといっても、人間一人を見落とすはずがないのだ。

もちろん片山は彼女を知っている。しかし、北村が彼女を紹介しないというのはおかしい気がした。由谷圭子は別に文句一つ言うでもなかったが、その表情に、じっと抑えた悲しみの色があるように見えた。

「北村さん」

と片山は言った。

「はあ、何か？　お飲み物でもお持ちしましょうか」

「いえ、そうじゃありません。——あちらに座っているお嬢さんもご一緒なんでしょう？　紹介していただいたほうがいいと思いますが」

北村は、チラリと由谷圭子のほうを見てから、

「あ、そうでしたね」

とわざとらしく笑った。「いや、ちょっとメガネが合わなくなっているもんですから、つい、気が付かなかった」

北村は銀ブチのメガネをかけ直すと、

「永江様の姪ごさんです。由谷圭子といって……」

圭子はゆっくり立ち上がると、片山たちのほうへ頭を下げた。——顔を上げたとき、圭子の目には、片山への感謝の思いがこめられているようだった。

栗原がちょっと片山の脇腹をつついた。

「何ですか？」

と片山が訊くと、栗原は声をひそめて、

「おい、早くも騎士道精神を発揮してるのか？」

と言った。

片山が面食らっていると、ドアが勢いよく開いた。

「やあ、待たせてすまない！」

と、広い部屋に響き渡るような声が、一同の目をひきつけた。「——警視庁の方ですな？」

栗原のほうへ手を差しのべて、

「永江和哉です」

と、その男は言った。

2

「足下に気を付けて！」

と声が飛んだときは遅かった。

「ワッ！」

片山は、それをよけようとして、バランスを崩し、ダダッと道の端のほうまでよろけて行ってしまった。

そこにいたのが石津刑事だったので、まだ良かったのである。晴美だったら、受け止める代わりにヒョイと身をかわし、片山が車道へ転がり出るに任せていただろうし、ホームズだったら、足を引っかかれていただろう。

石津という防壁のおかげで立ち直った片山は、

「畜生、どうして、どこもかしこも犬の糞《ふん》だらけなんだ！」

とぼやいた。

「ちゃんと前もって、そう言われてたじゃないの」

と、晴美はいっこうに同情を示さないのである。

「片山さん、どこかけがしませんでした？」

と、由谷圭子のほうが、心配そうに足を止める。

「平気よ、放っときゃいいの」

晴美は冷たく言って、「さ、行きましょ」

と、圭子の肩を抱いて促した。

晴美と圭子。小柄と大柄で、なかなかいいコンビなのである。成田で一緒になって、すぐに晴美は圭子の姉の如く振舞うようになった。

ところで――ここはすでに日本ではない。といって、まだ目指す永江英哉の住む城には遠く、ここデュッセルドルフは、ドイツでも日本人の多い都会である。

「ずっと下を見て歩いてなきゃならないじゃないか」

と片山がこぼすと、

「そうなんですよ」

と笑顔で言ったのは、若い日本人女性である。「ともかくドイツ人は、家の窓の汚れなんかには凄《すご》く神経質で、見ず知らずの他人の家でも窓が汚れてると注意してやるくらいなんです。でも、犬の糞だけはいくらこうして道に転がっていても全然気にならないみたいですわ」

「面白いもんですね」

と石津が感心したように言った。

「ちっとも面白かない」

片山はふてくされている。

「――前に、犬の糞は飼い主が始末するようにしようって案が出たんですけど、潰《つぶ》れちゃったんですの」

「どうしてですか？」

「犬の糞を掃除するのを、仕事にしている人がいるんです。そういう人たちが失業するからですって」

「なるほど」

「このデュッセルドルフはそれでもいいほうです。犬の公衆トイレがあるんですよ。外国人が多いから気をつかってて」

「へえ。でも犬がそこまで我慢しますか？」

「無理みたいですね、やっぱり」

片山も、つい笑い出してしまった。

「ドイツで何年か過ごしてると、夜歩いてても、ヒョイと犬の糞をよけて歩けるようになるんです」

「たいしたもんですねえ」

石津は一人で感心することしきりである。

永江和哉と妻の有恵は、取引先の企業を訪問に出かけている。

もちろん秘書の北村も一緒だ。息子の紳也は、飛行機のファーストクラスで飲みすぎて、ホテルで引っくり返っていた。

片山たちと由谷圭子が、こうして町の散歩に出たのである。——とはいえ、都会はどこもそう違わない。特にこの都市は日本企業の支社や出張所が軒を並べているので、あまり外国という印象を受けない。日本料理の店も目につく。

車も沢山《たくさん》走っているし——ただし、もちろん車が右側を走っている——なんとなくごみごみした雰囲気である。もちろん、今、片山たちが歩いているのは、特にそういう一角でもあるのだ。

「ねえ片山さん」

と石津が言った。

「なんだ?」

「それにしても外人が多いですね」

石津はしごくもっともな感想を述べた。

「まあ、よくお分かりですね」

と、案内役の女性が言った。「ドイツとフランスやイタリアの人との区別がつけば相当の通ですわ」

それほど深い意味で言ったのではない石津が、照れくさいような、申し訳ないような、複雑な笑みを浮かべた。

この案内役の女性は、永江の会社の、デュッセルドルフの支社に勤めている、神津麻香《こうづあさか》である。二十三、四というところだろうか、いかにも働く女性らしく髪をひっつめてまとめているので、少し老《ふ》けて見えるが、地味な服装でもなかなかチャーミングな娘である。

いかに「自称名探偵」たる晴美でもドイツ語ペラペラとはいかない。まして、自称でも他称でも名探偵ならざる片山、石津は、一応大学でドイツ語をやっているにもかかわらず、憶えているのは「リーベ」と「ダンケ・シェーン」ぐらいという、授業態度の知れる頼りなさ。

永江和哉以下、妻の有恵、息子の紳也、姪の由谷圭子、北村にいたるまで、ドイツ語には弱いメンバーが揃《そろ》っていて、現地での案内役として、この神津麻香が選ばれた、ということらしい。

やはり、人間、およそ言葉が通じないくらい心細いことはない。晴美のように「当たって砕《くだ》けろ」式の度胸の持ち主はともかく、片山のように気の弱い人間は、一人で取り残されたら、立ち往生《おうじょう》して、何日でもその場から動かないだろう。

だから、この神津麻香の後を、まるで生まれたての子猫が母親を追いかけるように、ついて歩いている。

そういえばもう一人のメンバー——いや、もう一匹のメンバーのことを書き落としてはいけない。もし一行の中で、ドイツ語を解する者があれば、このホームズだろうが、残念ながら話すことができないので、通訳の役には立たない。

そのホームズといえば、なにしろ町を行く動物は犬ばかり。猫の姿などとんと見えないから、目立つこと目立つこと……。

一見して、血統書つきと分かる大きな犬を老婦人が引いて——いや、犬が老婦人を引いて歩いているのとすれ違うたび、犬のほうは、なんだこいつは、という目でジロリとホームズの姿を目で追うのだが、ホームズはといえば、犬など眼中にあらずというように、いとも優雅に歩を進めるのだった。

「——そろそろホテルへ戻りましょうか」

と、神津麻香が腕時計を見て言った。「戻って昼食を取ってから、一休みしてくださ い。午後二時の列車でハイデルベルクへ向かいます」

「まだロマンチック街道へは入らないんですか?」

と由谷圭子が訊いた。

「ハイデルベルクから車で、目的地にご案内しますわ」

「ワクワクするわ、私!」

と圭子は、声を弾《はず》ませて言った。

そう、確かに、ロマンチック街道の旅は、このドイツ旅行のハイライトには違いないのだが、片山としては、少々気が重いことでもあった。

ここまでの旅は、別に危険も事件も一つもなくて、いたって楽なものだった。しかし、永江の言動を見ていると、実業家らしく、必要な金の出し惜しみはしないが、といって、むだな金を使うようなタイプでないことは、よく分かった。

その永江が、片山一人でなく、晴美、石津に猫一匹という「団体」を引き連れて、ここまでやって来る気になったのは、何かよほどの理由があるからに違いなかった。それに、日本を発《た》つときと、ドイツに着いてからでは、永江の様子は微妙に変化している。

やや神経質になり、苛立《いらだ》っていることが、北村に対する態度で分かるのだ。見方によっては、おびえているように見えなくもない。

実の弟に会うことを、なぜ恐れる必要があるのか。——その辺の事情は、片山も詳しくは知らないのである。

「弟は少し変わり者なので……」

と、だけ、永江は言った。また、

「不幸な目に遭《あ》って、人間が変わってしまったのですよ」

とも……。

しかし、それだけで「危険」だということになるだろうか？　そこにはおそらく、もっと具体的な何かが、あったに違いないのだ……。

「――片山さん」

と石津が声をひそめて言った。

片山には、すでに耳慣れた声のトーンである。

「腹が減ったんだろう」

「どうして分かったんです？」

と、石津は仰天《ぎょうてん》した様子で目を見張った。「片山さん、ドイツへ来て、急に勘が鋭くなりましたね！」

片山は何も言わなかった。

一行は、ホテルへと足を向けた。日本系のホテルで、造りは完全にアメリカ的な高層のホテル。どうにもヨーロッパ的とは言い難いが、ホテルの中では日本語が通じるので、気楽だった。

「――じゃ、すぐにお食事になさいますか」

と、ロビーへ入ったところで、神津麻香が言った。

「すぐにします！」

打てば響く、という感じで、石津が答えたので、ほかの面々がいっせいに笑った。

「じゃ、このまま食堂へ行きましょうか。軽くお取りになって、もし余裕があれば、列車でフランクフルト・ソーセージでも召し上がるといいですわ」

と、神津麻香が言って歩き出す。

「やっぱり本場のはおいしいかしら」

「ウィーンへ行ったら、ウインナ・ソーセージを食べましょ」

などと話しながら、ゾロゾロとロビーを横切って行くと、突然、

「キャッ！」

と女性の悲鳴が上がった。

片山がびっくりして振り向くと、やはり旅行中らしい若い女性が、大きく目を見開き、まるで幽霊でも見たように青ざめて、片山たちのほうを見ている。

「——どうしたんですか？」

と、神津麻香がけげんな顔で言うと、

「あ——いえ——」

その娘は、やっと我に返った様子で「私の知ってた人と、そっくりだったんで……。すみません、人違いだわ」

と言うと、急いでロビーからエレベーターのほうへと歩いて行った。

「変な人ね」

と晴美が言った。

「さあ、食事にしましょう」

と、神津麻香が歩き出す。

「ニャオ」

ホームズが低く鳴いた。片山が振り向くと、今の女性が、足を止めて振り返ったところだった。——その女性の目は、いちばん最後について歩いている、由谷圭子のほうを、見ていた。


「じゃ、一時間後にロビーで」

食堂を出ると、神津麻香が言った。「お忘れ物のないようにお願いします」

片山はエレベーターの前で、フウッと息をついた。

——ともかく食事の量の多いことには閉口である。

いや、まずいというのではないが、ともかく一人分が、日本のレストランの倍は出て来る。片山とて、人並みの食欲は持ち合わせているが、それではとても追いつけないのだ。

喜んでいるのは石津だった。

「お前にとっちゃぴったりだな」

と片山はエレベーターに乗りながら言った。

「そうですね。腹八分目という感じで」

石津は平然としたものである。

「——おーい、晴美！　乗らないのか？」

片山が、ロビーを由谷圭子と歩いている晴美のほうへ声をかける。

「私たち、お茶飲んで行くわ」

と晴美が手を振った。

片山は、扉が閉まると、

「しかし、妙な一行だな」

と言った。

「そうですね」

石津が肯《うなず》く。

「お前もそう思うのか？」

「ええ。みんなどうして食事を残すんでしょう？」

「そうじゃない！　たとえばあの由谷圭子だ。永江の姪だというが、あの紳也の態度なんか、どう見たって、見くだしている感じだろう。それに北村にしても、あの娘は無視してかかっているし。——おかしいと思わないか」

「確かに変ですね。でもあの娘、片山さんに惚《ほ》れてるようですよ」

「俺のことは関係ない！」

片山はムッとして言った。「俺はただのボディガードだ」

——だが、実際、由谷圭子の、片山への想いは、いかに鈍感な片山をもってしても、それと分かるほど、明らかであった。

お世辞にも美人とはいえない。しかし、気立てのいい娘ではあった。それだけに、一行の中で、いつも控《ひか》え目にしている姿は、どことなく哀れを誘うのだったが……。

「——おい、このエレベーター、なかなか着かないな」

と片山が言った。

「そりゃそうです。階数のボタンを押してませんよ」

と石津が言った。

——一方、ロビーの奥にあるティールームで、晴美と圭子はコーヒーをすすっていた。

「日本語が通じるのもここまでと思ってたほうがいいわね」

と晴美は言った。「いよいよ出発ってわけか」

「すてきですね。私、ドイツの森を歩く、って夢だったんです」

と圭子は言った。

「ねえ、圭子さん」

晴美は、ちょっと間を置いてから言った。

「これは――別に好奇心から訊くんじゃないんだけど――」

「何ですか？」

「やっぱり好奇心かな、余計《よけい》なお世話って怒られるかもしれないんだけどね」

「私のことでしょ？　どうして奥さんや紳也さんが私に冷たくするのか」

圭子があっさりと言うので、晴美のほうもちょっとどぎまぎした。

「そ、そういうことなの。――もし事情があって、私に話してもいいと思ったら、教えてもらえる？」

晴美の足の下で、ニャン、とホームズが鳴いた。「――あら、なんだ、ここにいたの」

晴美には、ホームズがクスッと笑ったかのように聞こえた。晴美がいつになく、遠慮がちなことを言っているからである。

「面白い猫ですねえ」

圭子は、微笑みながら言って、「――無理もないんです」

と、肩をすくめた。

「というと？」

「私、永江さんの娘なんです」

晴美は目をパチクリさせた。

「母は昔、永江さんの秘書でした」

「そうなの。それじゃ……」

「永江さんとそういう仲になって、私が生まれたんです。でも、母は間もなく死んでしまって、私、親類のところへ預けられたんです」

「で、永江さん——お父さんは？」

「娘がいないので、本当は私を引き取りたかったみたいですけど、周囲もあれこれうるさくて、結局、表向きは姪《めい》ということで、通しています」

「そのことをみんなは——」

「ええ、もちろんたいていの人は知っています。だから奥さんも紳也さんも素《そ》っ気《け》ないんですわ」

晴美は、そんな話を、何の気負《きお》いもなく、淡々と話している圭子に、感心した。そんな環境に生まれ育っているというのに、妙にいじけたり、屈折したりしていない。ただ、年齢の割りに大人びたところがあるのは、そんな事情のせいではあろう。

「永江さんは、あなたのこと、可愛がってくれてるんでしょ」

「ええ。でも忙しい人ですから、あんまり無理も言えません。——一緒に旅行するのは、これが初めてです」

「どうせなら、娘として認めてくれればいいのにね」

「でも、私、今のままのほうがいいんです。気が楽で」

「どうして？」

「だって、そうなると財産の問題が絡《から》んで来るでしょ」

「ああ、なるほどね」

実の娘なのだから、継承権はあるわけだ。妻の有恵や、紳也にとっては、目障《めざわ》りな存在ではあるだろう。

「でもあなたは――」

「ええ、私、いっこうに財産ほしいなんて思わないんです。なかなか信じてもらえませんわ」

と、圭子は笑った。

「有恵さんは、紳也さんって人の母親じゃないんでしょ？」

「ええ、もちろん後妻なんです。永江さんのほうは、そう乗り気でもなかったらしいですけど、周囲がお膳《ぜん》立《だ》てして、再婚なさったらしいんです」

「前の奥さんは？」

「もう大分前に離婚されたようです。なんだか男を作って出て行ったとか」

「へえ」

晴美も、この手の話は大好きである。ぐっと身を乗り出して来る。

しかし、圭子もそれ以上詳しい事情は知らないようだった。

「今はどうしてるのか、永江さんからも聞いたことありませんわ」

「そう。いろいろと複雑な家なのね」

「お金持ちって大変ですね」

と圭子は微笑んだ。「あんまり貧乏なのも大変だけど」

「そっちのほうはよく分かるわ」

と言って晴美は笑った。「――あら、お兄さん、どうしたの？」

片山と石津がのこのこやって来る。

「鍵がないんだ」

「まあ。どうして？」

「分からないよ」

片山が首をひねる。「俺は石津が持ってると思ってたんだけど」

「僕は片山さんが持っていると――」

「困るじゃないの、そんな」

晴美が言った。「パスポートは？　部屋に置いといて、盗まれたりしたら、旅行が続けられなくなるわよ」

「おどかすなよ」

片山は情けない顔で言った。「どうしよう？　晴美、ちょっとフロントへ行ってかけ合って来てくれ」

「かけ合ったって仕方ないじゃないの」

「ともかく、すぐに話をして、開けてもらったほうがいいんじゃありません？」

と圭子が言った。「私、行って来ましょうか？」

「やあ、そうしてもらえると——」

「だめ！　甘やかしちゃ」

と晴美が遮《さえぎ》る。「捜査一課の刑事でしょ！　しっかりしなさいよ」

「辞表は出してある」

「でも、刑事だから、ここへ来られたのよ。それを忘れないで」

「——お前は厳《きび》しいんだから」

と、片山がブツブツ言っていると、

「あの……」

と声をかけて来た若い女性。

「何か？」

振り向いた片山は、それが、さっきロビーで片山たちが通りかかったとき、叫び声を上げた娘だと気付いた。

「これを、落とされませんでした？」

と、娘は鍵を差し出した。

「あ——これだ！　やあ、助かった！」

片山は鍵を受け取って、ルームナンバーを確かめると、ホッと息をついた。「どうも、ありがとう。助かりましたよ」

「お兄さん、本当にあわてんぼなんだから」

と、晴美が言った。「すみませんでしたね。どこに落ちてました？」

「さっきのロビーですわ。それじゃ、これで」

娘は一礼して足早に立ち去った。

「——やれやれ。どうしてこんなもの落としたのかなあ」

片山と石津は、自然、晴美たちのテーブルに加わることになった。石津が晴美のそばにいるというのは、ごく当たり前のことだった。

片山はコーヒーを頼んで、

「拾ってもらって助かったなあ」

とくり返した。

「おかしいわ」

と晴美が言う。

「何が？」

「今の娘《こ》、ロビーで拾ったって言ったわね。でも考えてみて。私たち、散歩から戻って来て、フロントへ寄らずに、真っ直ぐ食堂へ行ったのよ。出るときに、神津さんがみんなの鍵を取って来てくれたわ。それからお兄さんたちはエレベーターのほうへ行ったわ」

「そうか……。ロビーを横切りはしなかったな」

「そうなのよ。それなのに、どうして鍵が落ちていたの？」

「すると、今の娘――」

片山は振り向いて腰を浮かした。

そこへやって来たのは、まだ冴えない顔色の紳也だった。

「あら、紳也さん」

と、圭子が言った。「大丈夫なんですか？」

「起きなきゃ仕方ねえだろ。置いてかれちゃかなわないものな」

紳也は椅子を一つ引いて、片山たちの隣りのテーブルについた。「――ああ、畜生！」

「どうしたんですか」

と晴美が訊く。

「え？　いや――ちょっと二日酔いですよ」

紳也は晴美のほうへはニヤニヤして見せて、「心配してくれるんですか？　そいつは嬉しいな」

「ええ、だって死なれたら旅行は中止でしょ？　終わってからにしてくださいね」

「手厳しいな、こいつは」

と、紳也は笑った。

「ところでね」

と片山が言った。「ちょうどいい機会だから一つ訊いておきたいんだけど、これから訪ねて行く、永江英哉って人は、どういうふうに変わってるんだい？」

紳也は、ちょっと考え込んでいたが、

「――僕もよくは知りませんよ。ともかく叔父はもともとちょっと変わったところがあったんです」

「どういうふうに？」

「ともかく、遊び人というのかな――いや、遊び回るっていうんじゃなくて、ただ旅をしたり、絵を見たり描いたり、そういう――何ていいましたかね、そう――放浪芸術家風のタイプの人なんです」

「羨《うらや》ましい生活ね」

と、晴美が言った。

「僕も、そう何度も会ってないんですよ。最後に会って、もう四、五年になるかなあ」

「すると、ずっとその城に？」

「三年くらい前に、結婚したんです」

「智美さんっていう方でしたね」

と圭子が言った。「永江さんから聞いたことがあるわ」

「二十歳そこそこの、えらく若い娘だったらしいですよ。そのときに、城を買ったんです」

「城での生活なんて、ロマンチックね！」

と晴美がため息をついた。

「ところが、恐ろしい事故があって――」

と、紳也が言った。「結局、その奥さんが、命を落としてしまったんです。城で暮らすこともなしにね」

「いったい何があったの？」

と晴美が訊いたが、紳也は肩をすくめた。

「さあ。僕はよく知りません。ただ、それ以来叔父がおかしくなって、その城に閉じこもって生活しているということだけしか聞いてませんね」

――しばらく話が途切れた。

片山は、そんな年齢《とし》の男性が、いわば世捨て人のようになって暮らすようになったのには、よほどの事情があるのだろう、と思った。

「──私、聞きましたわ」

と、圭子が言った。「永江さんから、聞かせてもらいました」

「そのときの事情を？」

「ええ」

圭子は肯いた。「智美さんは、〈鉄の処女〉に殺されたんです」

「鉄の処女？」

と、片山が訊き返す。

「じゃ、殺人事件ですか」

と石津が言った。

「そうじゃないわよ」

晴美が首を振る。「確か〈鉄の処女〉って、人の形をしていて左右に開く──」

「ええ、中に罪人を入れて、どこか仕掛けを押すと、それが閉じるんです」

「抱きしめられるわけですか」

と、石津が言った。「でも──それでどうして死ぬんです？」

「内側には鋭い刃が沢山植え込んであるんです。それで全身を刺されて……」

片山がゴクリと唾《つば》を飲み込む。——想像しただけで、血に弱いという体質が出て来るのである。

「どうしてその智美っていう人が、そんなことに?」

と、晴美が訊いた。

「礼拝堂があって、その中の隠し部屋に、その鉄の処女があったんだそうです。で、好奇心からそばへ寄って、見ていたんだろうって……。もちろん、とても古い物ですし、まさか動くなんて、思ってもいなかったんでしょう」

圭子は静かに言って、ホッと息をついた。

「じゃ、智美っていう人は、その中へ入って?」

「ええ。——とても、そういう中世の風俗に興味のあった人なんです。城に住みたいと言い出したのも、その人のほうで」

「すると妙ね」

と晴美が言った。「そんなに詳しい人なら、当然、鉄の処女のことも、よく知っていたでしょうに」

「ええ、それが不思議ですわ」

と、圭子は言った。「でも——ともかく、智美さんは、とても悲惨な死に方をなさったわけです」

「それじゃ、ご主人のほうがおかしくなるのも無理ないわね」

「し、しかし――」

片山は声の震えを隠そうと、咳払《せき》いをしながら、「しかし、そんなことのあった城に、よく住んでいられるね。普通なら足を踏み入れるのもいやなんじゃないかな」

「とても奥さんを愛していらしたようですわ」

と圭子が言った。「だから、そこを離れられないんだと思います」

「分かるわ」

と晴美が肯く。

「そうかな」

と片山が首をかしげる。

「どっちでしょうね」

と石津が言った。

「おい、圭子」

と、紳也が言った。「お前、ずいぶん詳しいじゃないか」

「え？　ええ――それは――」

圭子は、はっとしたように言って、「女ってあれこれ訊きたがるものですもの」

「しかし、親父、俺には何も言わなかったぞ。まあ、俺も訊こうともしなかったけどな」

「ちょっと、私、部屋に行っています」

と、圭子が立ち上がって歩き出す。

「圭子さん！　じゃ、鍵を――」

晴美が呼び止めた。

「あ、そうだわ。あわてん坊ね、私って」

圭子は、顔をちょっと赤らめて、鍵を受け取ると、急いでラウンジを出て行った。

入れかわりに、神津麻香が入って来ると、

「あら、皆さんこちらだったんですか」

とやって来た。

「なんだかおかしかったわね、圭子さん」

晴美がそっと片山のほうへ言った。

「そうだな」

石津も聞きつけて、言った。

「トイレですよ、きっと」

「今日はお天気がいいから、ライン河の古城が、ずっと列車の中からよく見えますわ、きっと」

と、神津麻香が言った。

「神津さんは、永江英哉さんにお会いになったこと、あるんですか？」

と晴美が訊いた。

「いいえ」

と、首を振って、「お話は——といっても、人づてにですけど、お聞きしていますが、お目にかかったことはありません。だいたい、社長さんにもこれが二度目くらいですわ」

「じゃ、こちらにいて就職なさったんですの？」

「そうです。ウィーンで、少しピアノの勉強をしていましてね」

「まあすてき！」

「だめだったんですわ、結局」

と、神津麻香は、照れるように笑った。

「それでドイツへ？」

「ええ。せっかくこちらへ来ているのに、すぐ帰国するのも惜しいでしょう。だから、デュッセルドルフへ来たんです。こちらは日本の企業が沢山ありますから」

「いいですね、言葉ができると」

「そううまくはないんですよ。でも、あとは専《もっぱ》ら度胸で」

と、麻香は笑った。

「やあ、ここにいたのか」

と声がした。

「ああ、社長、お帰りなさいませ」

と、麻香が立ち上がる。

「いや、休んでいてくれ。——私も、ちょっと骨休めだ。列車の時間には間に合うね」

「時間は充分にございます」

と、麻香は言って、「奥様は？」

「あいつは買い物だ。北村をおともにな」

「まあ。それじゃ、ご一緒すればよろしかったですね」

「君の仕事は我々全員の案内さ。家内の気まぐれに付き合うことはない」

永江は、ちょっと苦々しい顔で言った。そして、集まっている顔ぶれを見回すと、

「圭子は？」

と言った。

「お部屋へ行かれましたわ」

と、晴美が言った。

「そうですか。——いや、あなたがいてくださって、圭子も、とても気が楽なようです」

「とてもいい方ですね。もしお約束がなければうちの兄にでも――」

「おい」

片山は、あわてて妹をつついた。ヨーロッパへ来て、やっとあの〈見合い魔〉の児島《こじま》光枝《みつえ》から逃げて来たのに！

「結構ですな」

と、永江は笑って、「ついでにハネムーンを済まして行かれますか」

「あの――」

片山は急いで遮《さえぎ》った。「いよいよ、これから弟さんのおられる城へ向かうわけですが、もしお差し支《つか》えなければ、なぜ我々を必要とされているのか、うかがわせてください」

永江は、ちょっと迷うように、考え込んだ。片山は、付け加えて、

「今でなくても構いませんが……」

と言った。

「いや、やはり、お話ししておくべきでしょうな」

永江は、真顔《まがお》になって言った。「弟のことは、多少、お聞きになりましたか」

「さっき、圭子さんから」

「そうですか」

永江は、両手をゆっくりと胸の前で組んだ。「――弟は花嫁を死なせてしまったわけ

です。式もこちらで、二人きりで挙げてしまい、私もついに、二人の幸せなところは見ずじまいでしたが……。しかし、弟は、本当に智美という女性を愛していたようです」

「それで、今回の旅は――」

「そう。これはちょっとびっくりされるかもしれませんが。――私は弟に殺されるかもしれないのです」

3

「また霧よ」

と、晴美が言った。

一行を乗せたマイクロバスが、スピードを落とした。

ゆるやかに、どこまでもなだらかな起伏《きふく》が続く街道は、ところどころ、深い霧に包まれていた。ふっと晴れたと思うと、またいつの間にかバスを包んでいる。

道は、広くはないが、舗装されていて、ドライブも快適だった。神津麻香が頼んだ運転手は、一見青年学者タイプのドイツ人で、いかにも真面目、かつ腕も一流だ。

霧の中でも、平気で六十キロぐらいのスピードを出す。晴れているときは八十キロ近い。それでいて、少しも危なげがないのである。

「今日はこの辺、霧が深いですね」

と、神津麻香が呟くように言った。

片山は、デリケートなせいか（?・）、霧の奥に、灰色に浮かぶ森や、ときどき現われては消える人家の影などを眺めていると、なんとなく気が滅入《めい》って来てしまった。

それに、途中、車ではアッという間に通り抜けてしまう小さな町々を見ていても、ともかく人の姿が見えない。いったい本当に人間が住んでいるのかしら、と思うほどである。

そして、たまに見かけるのは、決まって老人――それも男はほとんど杖をついて歩いている。

静か、といえばそのとおりだが、なんだか活気というものが、いっこうに感じられないのである。――それとも、忙しすぎる日本人の感覚なのだろうか。

運転手が何か言った。もちろん片山には分からない。麻香が通訳して、

「ここから、わき道へ入るので、少し道が悪くなるそうです」

言い終わらないうちに、ガタガタと、マイクロバスが揺れる。

道は、少しずつ登りになっていた。徐々に山の中へ入って行くようで、道は曲がりくねっている。

「まだだいぶかかるの?」

と、永江有恵がうんざりしたような声を出す。

「さあ、私にもなんとも……」

麻香が、運転手に話しかけて、返事に肯いた。「あと、まだ一時間はかかるだろうってことです」

あーあ、という感じのため息があちこちから洩れる。麻香が続けて、

「この少し先に、小さな村があるそうです。そこで少し休みましょうか」

「何か食べられますか？」

今にも死にそうな声を出したのは――言うまでもない。

「簡単な食事はできるそうです。じゃ、そこで昼食ということにしましょうか」

その村までは、ほんの五分ほどだった。――本当に、なんだか時の流れに忘れ去られたような、古びた村で、牛だのニワトリだのが、道を歩いている。

車のほうが遠慮しながら、道をゆっくりと進み、やがて、白い小さな家の前で停まった。

「――さあ、降りてください。ここは居酒屋みたいなところなんです。たぶん何か食べるものも作ってくれるでしょう」

マイクロバスは、定員よりずっと少ない人数で乗り込んでいるので、ゆったりはしているのだが、それでも外へ出ると、片山はホッとして大きく伸びをした。どうやら誰も

が同じ気分らしい。

「晴れてきたわ」

と、由谷圭子が空を見上げて言った。

なるほど、唐突に、雲が切れて青空が見え、陽が射して来た。

「なんとなくホッとするわね」

と晴美が言った。「ホームズもそう思う？」

最後に車から出て来たホームズは、足下の水たまりを飛び越えて、早々に、居酒屋の中へ入って行った。

中は割合に広くて、新しかった。木の匂いがプンと鼻につくのも、悪くない。

でっぷり太った亭主が、エプロンをして出て来た。麻香と話をしていたが、いたってニコニコと愛想がいい。

「――ソーセージとポテトしかないそうですけど」

と麻香が言った。「構いません？――じゃ人数分だけ頼みますわ」

木をそのまま切り出して来たような、重量感のある椅子に腰をおろす。

「ワインでももらおうか」

と、永江が言った。「こういう小さな村に意外にいいワインがある」

永江が、今日はいやに落ち着いている、と片山は思った。

昨日までは、弟に会うときが近づいているせいか、ひどくピリピリしていたのだが、今日はぐっとリラックスして見えるのは、演技か、それとも、開き直りなのか。

逆に苛々《いらいら》している様子なのが、妻の有恵——これは、いつも不平たらたらなので、同じようなものだが——と、「冷静」に背広を着せたような、秘書の北村である。

いっこうに変わらないのは、いつもつまらなそうな顔をしている紳也と、いつも腹を空かしている石津くらいだ。そうそう、それに、常にポーカーフェイスのホームズ……。

「——少々食べ飽きたわ、ソーセージも」

と、晴美が言った。「それでも食べられるってのは、おいしいからなんでしょうね、きっと」

ワインが注がれる。石津はビールを飲んでいた。片山はまるきりアルコールはだめなので、仕方なくミネラルウォーターである。

これが、また気の抜けたサイダーのような、泡の出るやつで、およそおいしいという代物《しろもの》ではないのだ。

「——もう少し休んだら、出かけましょうか」

と、麻香が言った。

店の主人と、奥さんらしい婦人——亭主に劣らず太っている——が出て来て、食べ終わった皿を片付けながら、麻香へ話しかける。

「――何の話をしてるのかしら」

と、好奇心旺盛な晴美が言った。

「さあ、私、分からないわ」

と、圭子がぐいとビールをあけて息をつく。

「圭子さん、いけるじゃないの」

圭子は、ちょっと恥ずかしそうに、

「体が大きいから、アルコールが薄まるんですわ」

と言った。

すると、急に、店の主人が大声を出したので、みんながびっくりして顔を上げた。

奥さんのほうは、二、三歩後ろに退がって、手で口を押えている。なんだか、怖い話でも聞いてしまったという様子だ。

亭主のほうは、戸惑い顔の麻香へ、何やら凄い勢いでまくし立てている。

「――どうしたんです？」

と片山が訊いた。

「いえ、あの――」

と、麻香は、言いかけて、いっこうにしゃべるのをやめない亭主をなんとかなだめると、「この人が『どこへ行くのか』って訊くから、『この先のお城へ』って答えたんです。

そしたら……」

「何を怒ってるんです？」

「怒ってるわけじゃないんですわ」

「すると――」

「やめろ、と言ってるんです」

「やめろって？」

「城へ行くのをやめろって」

片山は晴美と顔を見合わせた。

「何かわけでもあるんですか？」

と晴美が訊く。

「それが分からないんです」

麻香は、首を振った。「ともかく、あの城へ行くと、危ない、と」

「危ない？」

「良くないことが起こる。悪いことは言わないから、やめておけ、って……」

片山は、なんとなくまた気が滅入《めい》って来てしまった。しかし、ここまで来て帰るというわけにもいかない。

「こういう村の人は迷信深いですからな」

と、永江が笑った。「それこそ、お化けでも出ると思っているのかもしれない」

「本当に出るんでしょうか？」

と、北村が言った。

なんだか本気で怖がっているようで、いつもの北村らしくない。やはり、どことなくびくついている。怯《おび》えているのだ、という気が片山にはした。

「何を馬鹿なことを！」

永江が腹立たしげに言った。「あそこに住んでいるのは弟一人だ。――さあ、そんな下《くだ》らん話を聞いている暇はない。出かけようじゃないか！」

永江が立ち上がると、みんなあわてて席を立った。片山は、ホームズが椅子の上で丸くなって眠っているのを見て、

「おい、呑気《のんき》な奴だな、ホームズ。出かけるぞ」

と突ついた。

ホームズは起き上がると、前肢をギューッと伸ばして、大欠伸《あくび》をした。それから、のんびりと前肢をなめながら顔を洗う。そして、店の亭主のほうへ、「ニャーゴ」と、なんとなく親しみすら感じさせる声を上げ、床にストンと降り立った。

店の亭主は、ホームズが悠々と店を出て行くのを、呆気《あっけ》に取られている様子で見送っていた。

「全員集まりましたね」

と麻香がバスの中を見回す。

麻香が肯いて見せると、運転手が、マイクロバスを発進させる。

「——なんだか変なムード」

と、晴美がそっと呟いた。

「そうですね」

圭子も、不安げな表情になっている。

「——ねえ、見て」

と、晴美が窓から外を指さした。

片山がヒョイと表を見ると、後ろから遠ざかる、居酒屋の前に、奥さんが出て来て、何やらバスに向かって高く掲げている。——それは、大きな十字架だった……。

おりから、晴れ間が消えて、あたりはスーッと沈み込むように薄暗くなった。片山は、一瞬身震いが出た。

まるで、怪奇映画の世界へ迷い込んでしまったようだ……。

道をガタゴトと上って行くにつれ、また、霧が濃くなって来た。いかに大胆な運転手でも、ノロノロと走らせざるを得ない。

霧は、ときに雨になり、窓を叩いた。左右は深い木立ちで、いっこうに展望がきかない。

「――私、帰りたくなっちゃった」

と、有恵が呟いた。

「いい加減にしろ！」

と、永江が突然怒鳴《どな》ったので、片山はびっくりした。

永江が人前で妻を怒鳴るなどということがあるとは、思ってもいなかったのだ。

有恵のほうも、怒られてムッとするよりは、呆気に取られているという様子だった。

「あなた、何も――」

「うるさい！」

永江は、また怒鳴った。「お前は俺の言うとおりにしてればいいんだ！」

有恵のほうも、言い返す余裕ができたらしい。

「いつもそうしてるじゃないの。あなたの気紛れにお付き合いして、ここまでやって来たのに――」

「俺に付き合って、だと？」

永江の顔に、それまで見せたことのなかった皮肉な笑いが浮かんだ。「そうじゃあるまい。北村に付き合ってのことだろう」

片山は北村のほうを見た。サッと青ざめて、メガネを直している。

「――何のこと」

と、有恵が訊き返したが、その声は、低く、震えていた。

北村と有恵か。なるほど、と片山は思った。

――忙しい夫と若い妻。その秘書……。

バスの中は、何ともいえない重苦しさに包まれていた。ただ一人、そんなことに気付かないのは、日本語の分からない運転手だけで、軽く鼻歌などを歌っている。それがかえって、雰囲気を重苦しくしているようだった……。

麻香が咳《せき》払いをして、言った。

「そろそろ着いてもいい頃ですね」

そのとき、運転手が鼻歌をやめて、何か言った。シュロス、という単語が、片山にも聞き取れた。シュロスとは、「城」という意味である。

片山は窓に顔を寄せて、前方へ目を向けた。霧とも雨ともつかぬもやの中に、灰色の塊りが現われた。思いのほか、近い。

突然、バスは停まった。

「ど、どうしたの?」

と、有恵があわてたように言った。

「着きましたわ」

と、麻香が言った。

「――どこから入るの?」

と、圭子が言った。

みんな、バスから降り立っていた。運転手が、見かけによらない怪力で、みんなのトランクを、バス後部のトランクルームから、運び出している。

目の前に、堀が口を開けて、城との間を隔てていた。

「橋があるはずですけどね」

と麻香が言った。

そのとき、キリキリ……という金属音が響いて来た。なんだか背筋に冷たく触れて行くような、気味の悪い音である。

「あれだわ」

と圭子が言った。

跳ね橋が、ゆっくりと降りて来るところだった。その両端をつないでいる鎖が、音を立てているのだ。

誰も口をきかなかった。何が出て来るのかと待っているようだった。

ズシン、という、思いがけないほど重々しい音をたてて、跳ね橋が、こちら側に落ちた。──アーチ形の入口に、誰かの影があった。

片山は目を疑った。この場の雰囲気のせいで、少し感覚が狂ったのか、と思った。

その影が近づいて来る。──おそろしく大きな男だ。片山も、背は高いほうだが、その片山が見上げるような──二メートルに近い身長であろう。

「いらっしゃいませ」

その男は、日本語で言った。──近くで見ると、怪物みたいな顔ではない。まあ当たり前の話かもしれないが、まずまともな、日本人の顔をしている。

若いのか年を取っているのか、判然としない。ただ、髪は半ば白くなりかけていた。

「永江様でいらっしゃいますね」

と、その男は言った。

「私が永江だ」

と進み出ると、「弟はいるかね？」

「お待ち申しておりました」

男は、思いがけないほどの敏捷《びんしょう》さで、門のほうへ戻って行くと、手押し車を押して来た。そして、みんなの荷物を、まるで積み木か何か拾うように、どんどん積み上げて行った。

もう用は済んだ、というわけか、マイクロバスが道を戻って行った。

「——どうぞ」

と、大男は言って、跳ね橋を、手押し車を押しながら渡って行く。木の橋が、ゴトゴトと鳴った。

「石津さんが可愛く見えるわね」

と晴美が片山のほうへ囁《ささや》いた。

「よせよせ。そんなことを聞いたら、あいつ誤解する」

と片山は苦笑しながら言った。

「さあ」

と、麻香が気を取り直したように、声を上げて、「入りましょう」

その一言が、まるで呪縛《じゆばく》を解いたようだった。みんながゾロゾロと橋を渡り始める。

「落ちないように。——危ないですよ」

大男が、振り向きもせずに言った。

片山は、橋を渡りながら、下を覗《のぞ》き込んだ。水というのか泥というのか、重く淀《よど》んだ沼のような水が、堀を満たしている。確かに、落ちたら終わりだな、と片山は思った。どんな泳ぎの達人でも、これでは泳げまい。

「——片山さん」

圭子に呼ばれて、片山は振り向いた。「入りましょうよ」

「うん……」

圭子は、なんだか心細そうに、片山の腕を取って、橋を渡った。

先に立った大男は、城門を入ったところで、いったん、手押し車を、傍《そば》の石造りの棟へと入れ、また出て来た。

「お荷物は後ほどお部屋へ運んでおきますから」

と言うと、門塔の入口へ上がる石段を上がり始めた。

「ずいぶん面白い造りね。城壁が二重になっていて」

と、晴美はキョロキョロと中を見回している。

好奇心旺盛な性格である。少々の無気味なムードくらいではビクともしないのだろう。

石段はそう幅が広くないので、一列になって上がって行く。有恵はもう息を切らしていて、

「エスカレーターでもないの？」

と文句を言っていた。

しかし、それ以外は、みんな黙々と上がって行く。――ペヒナーゼの下をくぐって、門塔へ入る。

中庭に出ると、みんな一様にホッとした様子で足を止めた。

「ずいぶん広いものだな」

と永江が、ぎごちない口調で言った。

「あの建物が、住むところなのね」

「あの大きな塔は何かしら？」

と、圭子が言った。

「あれはベルクフリートというんですわ」

と、麻香が言った。「最後の砦というのかしら、敵がここまで攻め入って来たとき、あそこに立てこもるんですって」

「へえ」

晴美は、石を敷きつめた、中庭をゆっくりと見回して、

「なんだか中世に戻ったようね」

と言った。

「──さあ、どうぞ」

と大男が、居館《パラス》のほうへと歩き出す。

ついて行こうとして、片山は、ホームズがわきのほうへ歩いて行くのに目を止めた。

「おい、ホームズ、こっちだぞ。こっちへ──」

言いかけて、片山の言葉は途切れた。晴美が気付いて、戻って来る。

「どうしたの？」

「見ろよ」

片山は、ホームズが足を止め、じっと見上げている、小さな建物を指さした。

「まあ。あれが、そうなのね」

晴美も、表情を固くした。

礼拝堂である。――永江英哉の妻、智美が、悲惨な死をとげた場所だ。

片山は晴美が礼拝堂のほうへ歩き出すのを見て、

「おい、やめろよ！」

と、あわてて止めたが、そんなことで足を止める晴美ではない。

礼拝堂の扉は閉ざされていた。晴美は力を入れて、開けようとしたが、びくともしない。

「だめね。――ホームズ、行きましょう」

晴美はホームズを促して歩き出した。だがホームズは、まだ扉の前で動かない。晴美が振り向いて、

「どうしたの？」

と声をかけると、やっと思い切ったように歩いて来た。

「あそこに何かあるのよ」

晴美は、歩きながら、片山へ言った。

「うん。しかし、あんまり見たくないな」

「私は絶対に見てやるわ」

と晴美が力をこめて言った。

「危ないぞ」

「平気よ。危ないことなんか気にしてたら、刑事の妹なんかつとまらないわ」

別に、危ないことに首を突っ込まなくても、充分、刑事の妹がつとまる、と片山は思っていたが、黙っていることにした。言ってもむだなことだ。

居館の扉が開いていた。ゾロゾロと、中へ入る。——薄暗い、冷え冷えとした石の廊下が、建物の中を貫いていた。そこを、大男の案内で歩いて行く。

やがて廊下の突き当たりに、両開きの、背の高い扉が見えた。大男は、その扉を開け、傍へ寄った。

「こちらでお待ち下さい」

——中へ入って、誰もが大きく息をついた。

広々として、思いがけないほど明るい。

もちろんシャンデリアは電気だし、壁も灰色の石の代わりに暖かい板貼りになっている。

さすがに、ソファや家具の類は、いかにも古い物らしいが、決して実用に堪えない物ではない。——壁の絵画は、古い戦闘を描いた大きな物だった。

「結構、快適じゃないの」

と、有恵が言った。

そうだ。誰もがホッとしている。なんとなく、とんでもないお化け屋敷に紛れ込んだような気がしていて、こういう人間的な、快い部屋に入ったので、安堵《あんど》したのである。

それだけ、言いようのない緊張が、みんなを縛っていた、とも言えるだろう。

片山は、ゆっくりとその部屋を見て回った。——まさに、「見て回る」というのに充分なほどの広さが、そこにはあった。

壁には、古い肖像画も、いくつか飾られていた。中には、かなり傷《いた》みが来ているものもある。

「このお城に住んでた人たちでしょうか」

いつの間にか、圭子がそばに来ていた。

「そうかもしれないね」

と片山が肯く。

「死んでしまってからも、こうして姿が残るなんて、いいですね」

と言ってから、圭子はクスッと笑った。

「どうしたの？」

「いいえ。——私だったら、絵になって残らないほうがいいな、と思ったんです。こういう人たちに混ざって、ぐっと太目のが並んでたら、みんな吹き出しちゃいますもの」

こういう言葉が、少しも聞き辛くないのは、この圭子という娘の人徳というものかもしれない、と片山は思った。

「あら、この絵——」

と、圭子が言った。

一枚だけ、新しい絵がかかっている。——若い、愛らしい娘の絵である。

「日本人ですね。まあ、下に名前が——」

片山も見た。そこには、金属のプレートで、〈智美〉と刻んであった。

晴美とホームズもやって来て、その絵を眺める。

「この人が智美さん……」

と、晴美は呟くように言った。

誰が描いたのか、そこには青春の輝きが、みごとに再現されていた。今にも、笑い出しそうな口もと、きらめく瞳、淡い色のセーターの胸のふくらみが、ドキッとするほど、魅力を感じさせた。

「どうしたんです？」

石津もやって来た。「誰の絵ですか？」

「智美、と書いてあるじゃないか。――例の死んだ女性だ」

「ああ、何とかの処女に抱きしめられたとかいう……。そうですか」

石津はまじまじと絵を見ていたが、やがてため息をついた。もっとも石津のため息はあまり風情《ふぜい》がない。空調を吹き抜ける突風みたいな音をたてる。

「若いのに可哀そうでしたね」

「まったくだ」

「この若さで……。もっと旨《うま》い物を食べたかったろうなあ」

石津としては、精一杯の追悼《ついとう》であった。

「そのご主人がおかしくなっても分かるわね」

と、晴美は言った。「こんなに可愛い人だったんじゃ」

片山は、なんとなく落ち着かなかった。――美女恐怖症の片山としては、圭子がそばにいても、そう体がこわばっては来ないのだが、この絵の女性には、アレルギー症状を呈《てい》しそうなのである。

だが……。片山は、ふと妙な気がした。

その肖像画の黒い瞳は、本当に、生きているような、光と輝きを持っていたが、それは、どこかで出会ったという気がしたのである。

その瞳に、確かに、どこかで会っているような……。

片山たちが絵の前に集まっているので、永江と有恵、それに北村、神津麻香もやって来た。永江は、じっと絵を見ていた。

「――これが智美か」

「そう美人とも思えないけど」

と、有恵が言った。

「やきもちか」

「よしてよ。どうして私が死んだ女にやきもちをやくの？」

と、有恵が腹立たしげに言った。

「いくらやいても、むだだな」

と永江は愉快そうに言った。「お前が逆立《さかだ》ちしたって、この娘にはかなわん」

有恵はムッとしたように夫をにらんだが、永江はいっこうに気にも止めていない。有恵は肩をすくめて、

「生きてるほうが勝ちよ」

と言った。

それは真理だ、と片山は思った。しかし――いや、どうなのだろうか。必ずしも、死んだ人間の負けだ、と言い得るかどうか……。

誰もが、その絵に、魅入られたように、動かなかった。片山は、ふと、一歩、退がっ

て絵を見ている麻香へ目を向けた。思いがけないことだった。麻香は、指で、そっと目の端を押えた。――泣いているのだ。

なぜだろう？　片山は、どうやら神津麻香にも、何か秘密があるらしい、と思った。

そのとき、突然、背後に声が響いて、誰もが、飛び上がりそうなほどびっくりした。

「私の城へようこそ」

振り向くと、男が一人、立っていた。

「私が永江英哉です」

と、その男は言った。

第二章　死者《シしゃ》の賭《かケ》け

1

「狼だ」

「風よ」

「そうか……」

片山は、ホッと息をついた。

「臆病ねえ」

晴美が笑った。

「お前の度胸を少し分けてほしいよ」

「情けない刑事さんね」

晴美は、窓のほうへと歩いて行った。

夜だった。風が唸《うな》っていた。

谷を抉《えぐ》り、森をかき回しながら、風は渦を巻いている。

その唸り声は、本当に、ときとして、狼の群れのようにも聞こえるのである。

「でも快適な部屋じゃない」

と晴美が言った。「ベッドも大きいし。これなら石津さんも大丈夫よ」

もちろん、片山は石津と同室。晴美は圭子と二人で隣りの部屋である。

「天蓋《てんがい》付きのベッド！　私、一度こういうのに寝てみたかったの」

と、晴美はベッドの一つにゴロリと横になった。

「なあ、晴美、どう思う？」

「何を？」

「あの男さ。永江英哉」

「そうねえ……」

晴美は考えながら言った。「そうおかしいようにも思えなかったけれど……」

「だけど、和哉のほうはずいぶん緊張してたぜ」

「英哉のほうは、何かこう……考えがあるように思えたわね」

「どんな考えが？」

「そこまで分かるわけないでしょ」

と晴美は片山をにらんだ。

「しかし、そう狂ってるようには思えないのは確かだな」

片山は腕組みをして、考え込んだ。

「本当のところは、これからじゃないの」

「うん……。それに、不思議なことはほかにもある」

「というと？」

「いいか、どうして永江和哉がわざわざ、ドイツまでやって来たと思う？」

「それは弟に会いに――」

「だけど、それだけのために、忙しい中で、しかも妻や娘まで引き連れてやって来ると思うか？――いや、きっと永江には、具体的な用件があったんだと思う。どうしても、来なきゃならんわけが、ね」

「それもそうね」

と晴美は肯いた。

「それに、神津麻香のことだ。なんとなく、ただの女子社員じゃないって気がする」

「お兄さんも？　へえ、珍しい」

「何が？」

「私と意見が一致したじゃない。見込みあるわよ」

「馬鹿にするな！」

へへ、と晴美は笑って起き上がった。

ドアが開いて、石津が入って来る。

「晴美さんもおられたんですか？」

と目を輝かせて、「いや、広いですねえ、このお城。迷子になりそうだ」

「さて、私は隣りに戻ろうかな」

と晴美がベッドからヒョイと降り立つ。「圭子さんが心細い思いをしてるといけないから……」

「じゃ、僕は今、晴美さんの寝ていたベッドで寝ます」

と石津が十代の少年のようなことを言い出した。

「あら、それじゃ私のベッドに来る？」

と晴美が言ったので、石津はたちまち真っ赤になった。

「おい、晴美──」

片山がにらむと、晴美はクスッと笑って、

「冗談、冗談。──じゃ、おやすみなさい」

と手を上げて見せた。

石津が拍子抜けという様子で息をつく。

晴美はドアに手をかけ、

「こういうお城には亡霊がつきものだから、夜中に散歩してみようかしら」

と言った。

「お前も趣味が悪いぞ」

片山が苦笑した。

「あら、だって、せっかくこんなところまで来て、何も出ないんじゃつまらないじゃない。こうやってドアを開けると、目の前にヌーッと白い幽霊が——」

ぐいとドアを開けて、晴美は、「キャッ!」

と飛び上がった。

目の前に、あの大男が立っていた。

「失礼いたします」

「ど、どうも……」

晴美は、胸を押えて、言った。「あの——何かご用?」

「旦那様が、お目にかかりたい、と申しております」

「分かった」

片山が肯いて、「じゃ、石津、一緒に行こう」

「妹様もご一緒に、とのことでございました」

と大男は言った。

「妹も?」

「はい、それに猫様も、ぜひ、と——」

ホームズが丸くなっていた椅子の上からヒョイと飛び降りて来た。

やれやれ、畜生、と片山は思った。——ドイツにまで、晴美やホームズのことは知れ渡ってるんだろうか?

まさか! ——捜査一課のためにも、そう信じたくはなかった……。

晴美が隣りの部屋へ行って、圭子に、心配しないように言って来てから、「片山ファミリー」は、大男の後について、薄暗い廊下を、ゾロゾロと歩いて行った。

「上のほうでございまして」

と、大男が、石の冷え冷えとした階段を上がって行く。

階段そのものは、狭く、二人通るのがやっとだった。あくまで敵の侵入を防ぐように造られているからであろう。

「——こちらへどうぞ」

と、大男が、上の階の廊下を歩いて行く。

大男というのが、この男の名前ではない。永江英哉は、「梶本《かじもと》」と呼んでいた。いったいどこで、この城にうってつけの男を見つけて来たのだろう?

力持ちだというだけでなく、食卓では、いかにも手慣れた給仕の役もつとめるし、その、かなりの味の料理を作ったのも、この梶本という大男だと聞いて、片山はびっくりしたものである。

幽霊の、正体見たり――ではないが、見かけよりはずっと繊細かつ有能な男らしい。そんな男がこの城で働いているのが、また一つの謎といえば、謎に違いない。

「――あれは？」

晴美が、ピタリと足を止めて、訊いた。

「何でございましょう？」

梶本が振り返る。

「歌声が聞こえたわ」

「本当かい？」

「ええ、何かこう――哀しそうに」

「気のせいじゃないのか？」

晴美は耳を澄ました。

「確かに聞こえたんだけど……」

「風の音でございましょう」

と梶本は言った。「谷間を吹き抜けるとき、口笛のように鳴ることがございます」

「そう……」

晴美は、釈然《しやくぜん》としない思いで言った。

いくら谷を風が鳴らすといっても、メロディまではかなでまい。晴美の耳に届いたのは、確かに聞き憶えのある旋律だった。あれは何の曲だったろう？

アイルランドかスコットランド民謡……。そうだわ。「夏のなごりのバラ」だった。

「こちらでございます」

重い、がっしりした木の扉が、ゆっくりと開いた。——重苦しい灰色の部屋だ。

客間や寝室は、かなり改装されていたが、ここは、遠い昔の城の面影を濃く残していた。石がむき出しになった壁、その中央の暖炉には、火が燃えていた。

ソファのようなものは何もなくて、ただ、大きな毛皮があちこちに広げてある。奥に、古びたベッドが置かれていた。ここが永江英哉の私室なのだろう。

「どうぞ火のそばへ」

と、永江英哉は言った。

厚いガウンをまとっていると、永江英哉は本当にこの城の代々の城主かと見えた。片山がさっき晴美に言っていたとおり、穏やかな、物静かな男である。危険や、殺意、凶暴さというようなものは、ほとんど感じさせない。

兄の和哉と似ているところはあまりなかった。強いて言えば、声がよく似ている、というところか。

もっとも、和哉のほうが、しばし弟の顔を眺めていたくらいだから、大分顔つきが変わっているのかもしれない。

確かに、見たところ、弟のほうが、ずっと年上に見えた。

「適当に腰をおろしてください」

と英哉は言った。

片山、晴美、石津の三人は、思い思いに、毛皮の上に腰をおろした。ホームズは暖炉の火のそばへ行って、丸くなる。

「——お噂はいろいろとうかがっています」

と英哉は言って、ちょっと微笑んだ。「こんなふうに閉じこもって暮らしているので、世情にはうといとお思いでしたか？——別にここから出なくとも、情報を集めるにはたいして苦労はいりませんよ。人を使えばいい。金さえあればね。そして私は、充分に金を持っています」

「奥様のことはうかがっていますわ」

と晴美が言った。「本当にお気の毒なことでした」

「ありがとうございます」

と、英哉は言った。

「本当に運がお悪かったんですわね」

「運ではありません」

英哉は、暖炉の傍に積み上げた薪《まき》を一本つかんで、火の中へ投げ入れた。パッと火の粉が舞い上がった。

「——どういう意味ですか？」

片山が訊いた。

「智美は——妻は、殺されたのです」

しばらく、誰も口をきかなかった。

風が暖炉の中にもその唸り声を伝えていた。燃える薪がパチパチと音をたてた。そのほかは、何の物音もしない。——重苦しい沈黙が、石の壁のように迫って来る。

ガタッと薪が火の中で動いた。その音にギクッとして、片山は飛び上がりそうになった。

「それはまたどうして……」

と片山は呟くように言った。

英哉は、暖炉にもたれて、暖かくなった石にそっと手を当てた。

「私自身が調べたのです」

英哉は、一つ息をついて、続けた。「妻が死んだ事情はご存じですね？——あの〈鉄の処女〉は、実際、二百年以上も前に使われていたものです。魔女狩りの時代には、おそらく何人もの血を吸い取ったでしょう」

魔女狩り。——中世のヨーロッパを吹き荒れた、暗黒の嵐の時代。

「しかし、あの殺人機械には、大きな欠点があるのですよ」

と、英哉は言った。「お分かりですか?」

片山と晴美は顔を見合わせた。英哉は続けた。

「あの鉄の処女は、ばねと蝶番《ちょうつがい》が鉄でできています。そこへ、おびただしい血が浴びせられる……」

「錆《さ》びるんですね」

と晴美が言った。

「そのとおりです」

英哉は肯いた。「〈血の伯爵夫人〉と呼ばれた、エルジェベト・バートリは、若い娘の血を浴びるのが、若さと美しさを保つ方法だと信じて、何百人という娘を殺したのですが、そのエルジェベトも、一時、この鉄の処女を使ったことがあります。しかし、すぐに飽きてしまった。血で錆びて、すぐに動かなくなってしまうのです」

片山はそっと額の汗を拭《ぬぐ》った。血の話が出て来ると、もうだめである。

「ですから、当然、あの鉄の処女も、金具の部分は錆びついていたはずです。たとえ、きれいになっていたとしても、長く放っておかれたのでは、同じようなものです。まさか、ステンレス鋼を使ってあるわけではないのですからね」

「それじゃ、奥様のときは――」

「私は、後で、あの〈鉄の処女〉を、よく調べてみました。蝶番やばねが、手入れされ、油がさしてあったのです」

「まあ！」

晴美が言った。「じゃ、誰かが……」

「この城は、私が手に入れるまで、何十年か、閉め切られていました。ですが、油をさしたのは、ごくその最近、どうみても、何日間か前のことに違いありませんでした」

「じゃ、最初から奥様を殺すつもりで？」

「私かもしれません」

と、英哉は言った。「しかし、おそらくは妻を狙ったのでしょう。私は気の小さな人間です。そんな物を見つけても、まず近寄りません。しかし、智美は、中世のものが何でも好きでした。当然、そばへ行って触ってみるぐらいのことは、したはずです」

「でも、一応、事件については、現地の警察で調べたんでしょう？」

「はっきりしないのですよ。ただ不運な事故だ、ということで片付けられてしまいました」

英哉は、肩をすくめて、「しかし、私も、鉄の処女を調べてみたのは、その後でしたからね。まさか、殺されたのだとは、思ってもいませんでした」

片山は咳払いをした。あまり黙っていては、捜査一課の名にかかわる、と思ったのである。

「し、しかし、その——いったい誰が奥さんを狙ったんです？　誰かそんなことをする人間の心当たりでも？」

「さあ、そこです」

英哉は、毛皮の敷物の上に座った。「私も、智美が殺されたのだと知って、悩みました。智美を恨むような人間がいるでしょうか？」

英哉は少し言葉を切って、

「——いたのです」

と言った。「金が絡《から》んで来ますからね。それに、私は結婚を機に、少し仕事をしようと思っていました。当面は兄の仕事を手伝うだけのつもりでしたが、行く行くは、兄の会社の一つを継ぐことになったかもしれません。それが面白くない人間もいたでしょう」

「なるほど」

こういう現実的な話になると、片山も少し元気が出て来る。

「いくら遊び人の私でも、妻がいる以上、働かないわけにはいきませんからね」

ただ、少々虫のいい話だ、と片山は思った。普通なら、いざ職を見つけようとしても、そう簡単ではない。英哉の場合には、それまで何の苦労もしていない——少なくとも金銭的には——のに、いきなり会社を一つ、任せてもらえるというわけだ。

兄の和哉にしても、おそらく、面白くはなかったろう。

「でも、たとえそうだとしても——」

と晴美が言った。「その誰かが、奥様を殺そうとしたのなら、そのとき、ヨーロッパへ来ていなくては、無理ですわね」

「そうなのです」

と、英哉は肯いた。

「細工をしたのが何日か前だとしても、そんなことを、他人には頼めないだろうな」

と片山は言った。「それなら、そのときヨーロッパへ誰か来ていたかどうか、調べてみれば分かりますね。もし、あなたと利害関係のある人物が、こっちへ来ていたとすると、犯人だという可能性がある……」

「私もそう思いました」

なんだ、そうならそうと早く言えばいいのに。片山は内心、グチった。

「そのために、こんなに時間がかかったのですよ」

と、英哉は言った。「ずっと、人を使って調べさせていたのです」

「その間のアリバイをですか？　すると、こちらへ来ていた人がいるのですね？」

「ええ」

「誰なんです？」

英哉は、ちょっと目を伏せて、奇妙な笑みを浮かべた。

「今、この城に来ている人、全部です」

片山は、晴美と顔を見合わせた。

「――全部ですって？」

英哉は肯いた。

「最初は兄だけかと思いました。ああ、もちろん北村も一緒です。あの鼻もちならん男もね」

「そのほかに――」

「調べてみると、兄の女房が、智美の死ぬ一週間前に、こっちへ夫を追って、やってきていたのです」

「なるほど」

「ご承知のとおり、有恵は金と名誉欲が総《すべ》てのような女です。あり余る金があるくせに、十円も人にやるのはいやだという女で……。今は北村と怪しいようですな」

「よくお分かりですね？」

と、晴美がびっくりした。

「それぐらいのことは分かりますよ」

と、英哉が笑った。「——そして、さらに調べますと、あのドラ息子も、こっちに来ていました。智美が死ぬ三日前のことです」

「それは何の用で？」

「分かるもんですか、あんな男の用なんて。大方は女かバクチか……。ちょうど父親のいるときなら、金をせびれるとでも思ったのでしょう」

「なるほど。——しかし、それだけではなかったかもしれない……」

「そのとおりです」

晴美が、少し間を置いて言った。

「でも——由谷圭子さんは、こっちにはいなかったんでしょう？」

英哉は、ちょっと微笑んで、

「あれはいい娘です」

と、言った。「ご存じですね、兄の娘だということは？」

「当人から——」

「そうですか。とても素直ないい娘です。——いや、そう思っていたのですが」

「というと……」

「実は、圭子も、そのとき一人でこっちへ来ていたのですよ」

と、英哉は言った。

2

梶本が、片山たちにワインを運んで来た。もっとも片山はワインなど飲もうものなら、話などできなくなってしまうので、遠慮しておいた。

「ところで、一つうかがっていいですか？」

と晴美が言った。

「何でしょう？」

英哉は、いかにも古い細工の、血のように赤いグラスにワインを満たして、言った。

「今回の旅行に来た人たちは、あなたが選ばれたんですか？」

「招待したのですよ」

「もし、来なかったら？」

「断われば、犯人と思われるでしょう。来ないわけにはいかなかったはずです」

「当の犯人には分かっているわけですね、たぶんあなたが真相を感づいている、と」

「おそらくね」

「正直におっしゃってくださいな」

と晴美は、ぐいとワインを飲みほした。「いいワインですね。——犯人が誰なのか、分かってらっしゃるんですか？」

英哉は、グラスを手にしたまま、立ち上がった。そして、もう一本、薪を暖炉にくべながら、

「私には分かりません」

と言った。「ただ、今、ここに泊まっている連中の中に、犯人がいるに違いない、と思っています」

ホームズが、顔を上げて、英哉を見た。それまでは、目を閉じて、眠っているかのようだったのだ。

ホームズが、ニャーオと少し長く鳴いた。

「ホームズが、危険だ、って言ってますわ」

晴美が通訳（？）すると、英哉は軽く笑った。いかにも愉《たの》しげな笑いだった。

「いや、利口な猫ですね、見るからに」

「あなたは、自分が殺されるかもしれないと思ってるんですね」

と片山が言った。「つまり、犯人にその機会を与えるために、彼らを呼んだ……。そ

れで真犯人が分かる、という考えなんじゃありませんか？」

「どうでしょうか」

と、英哉は謎めいた言い方をした。「ともかく、もし私が殺されたら、あなた方の手で犯人を見付けていただきたいとお願いしておきましょう」

片山は、なんとも言いようがなかった。この男は、妻を殺された時点で、もう命を捨てているのだ、と思った。

「――面白いものをお見せしましょう」

と、英哉は言った。「どうぞこちらへ」

グラスを置いて、みんな立ち上がった。石津だけが、もったいない、という様子で、グラスを一気にあけて、むせ返った。

英哉は、部屋の奥の壁にかけてある、タペストリーのほうへ歩いて行くと、それを手でわきへ寄せた。

「まあ」

と晴美が言った。

ポッカリと入口が開いている。部屋があるのだ。

「明かりを点《つ》けましょう」

と英哉が言った。「電気の配線に苦労しましたよ。この石の壁ですからね。表面に出ないようにするのは一苦労でした」

明かりが点くと、片山はギョッとした。

かなりの奥行きのある部屋だった。――ちょっとした博物館という趣《おもむ》きの部屋で、左右にズラリと、いろいろな品物が並んでいる。

「ほうぼうの城から、何年もかかって集めたものです」

と、英哉が言った。

「剣とか、槍とか……鎧《よろい》もありますね」

まるで、人が立っているような――いや、ロボットのような、といってもいい。中世の鎧。そして、長さが一・五メートルはありそうな、重そうな剣。

どれもがむきだしに、壁に立てかけてある。

「大きな剣ですね」

「斬首《ざんしゅ》用ですよ」

「斬首というと――」

「死刑執行人が首を斬るときに使ったものです。よほど大男で、力のある人間だったんでしょうね」

片山はつい反射的に首筋へ手をやった。

もちをつく、臼《うす》みたいな、木の台に、刃の広い斧《おの》が、突き立ててある。

「これも首を斬るのに使ったものです。ここへ首をのせ、この斧で一気に落としたのですね」

「はあ……」

晴美が、

「このお面みたいなのは？」

と言った。

正確には面とはいえなかった。頭からすっぽりかぶる、鉄のマスクだった。目のところに、細い切れ目が入っていて、鼻にあたるところは、まるでくちばしのように三角形に尖《とが》って突き出ている。いかにも細工が稚拙なのが、かえって無気味だった。

「死刑執行人がかぶったマスクですよ。首を斬る瞬間に、罪人と目が合うと、災いがあると信じられていて、それをよけるためにかぶったのです」

「これはその――本物ですか？」

と片山が訊く。

「もちろんです。実際に、使われていたものばかりですよ」

石津が珍しそうに、長い剣へ手をのばし、

「持ってみていいですか？」

と訊いた。

「どうぞ」

「やあ、こりゃ重いや」

石津は、両手で剣を持つと、エイッと、構えて振ってみた。

「おい、危ないぞ、よせ！」

片山が青くなって言った。

「でも何かこう、映画の主人公にでもなったみたいですよ」

石津はご機嫌である。

「何か目的があって、集めていらっしゃるんですか？」

と晴美が訊く。

「ええ。犯人を、この剣で断罪してやりたいのです」

と、英哉は言った。「智美は、中世が好きでたまらなかったのです。だから、その復讐も、中世のスタイルでしなくてはなりません」

片山はじっと英哉の顔を見つめた。

「それはいけませんよ。復讐は――」

「中世の法は単純明快でした。殺した者は殺される。腕を切り落とした者は腕を切り落とされる。――この城は、いわば私のタイムマシンです。ここへ入った者は、中世の時間に足を踏み入れたものと考えてもらいたいのです……」

英哉の口調は、断固として、揺らぎもなかった。片山と晴美は、顔を見合わせた。この男の決心を変えることは、できそうにない。

「や、この短剣！　きれいですねえ、飾りが。——さあ来い！　エイッ！」

石津一人、その場の雰囲気には気付かない様子で、中世ロマンの騎士よろしく、短剣を振り回していた。

ホームズは、重々しく鈍《にぶ》い光を放っている鎧の前に、じっと座っている……。


晴美は起き上がった。

聞こえる。——確かに。

だが、じっと耳を澄ますと、風がヒューッと鳴っているだけのようでもある。空耳《そらみみ》だろうか？　でも、あんなにはっきりと……。

暗い部屋の中には、小さな常夜灯《じようやとう》が一つ、微《ほの》かな光を放っていた。——隣りのベッドでは、由谷圭子が静かな寝息をたてている。

何もかも、よく分からないことばかりだ。あの英哉の話は本当だろうか？　この圭子まで、智美が殺されたとき、ヨーロッパに来ていたという。

もちろん、それがありえない話でないことは、晴美とて分かっているのだが、だいたい、英哉という男自体、こんな人里離れた山の中の城に暮らしているのだ、少し狂っているのではないか。見たところはまともな殺人狂なんて、晴美だって見慣れている（！）。あの英哉の言葉を、まともに受け取ることはできない。そうだ。疑ってかかるべきかもしれない。

だが、晴美の直感は——これこそが、晴美のいちばん信用しているものである——英哉の話が、どうやら本当らしいと告げている。

つまり、一緒に旅をして来た一行の誰かが、智美を殺したのだ。そう考えるのは、別にショックでも何でもない。——不安なのは、これから何が起こるのか、ということだ。

ともかく、何かが起こる。それだけは確かだと思った。

この城には、その予感が、クモの巣のように張りめぐらされている……。

圭子の、静かな寝息が聞こえて来る。晴美は、もう一度横になって、毛布をかぶった。

風がまた強くなった。

そして、今度は疑いようもなくはっきりと、あの歌声が聞こえて来たのだ。

「間違いないわ」

晴美は起き上がって、ベッドから出た。こんなときのために、ジーパンだのシャツだのがすぐわきに置いてある。

手早く着替えをして、廊下に出る。

また歌声はやんでいた。しかし、もう気のせいだとか言ってはいられない。風が、あんなにはっきりと、「夏のなごりのバラ」を歌うものか。誰かが、歌っているのだ。寒々とした廊下には、外の風も入りこんで、重いカーテンを揺らしている。どっちの方向だろう？　晴美は、ともかく、歩き出した。

廊下は、ところどころ、本物の燭台に、ローソクが燃えていて、火が風に揺らいでいる。——自分の影が動くのを、視界の端に捉えて、ギョッとすることもあった。

廊下を奥へ辿《たど》って行くと、らせん階段に行き当たる。——どこへ出るのかしら？　階段の上のほうを覗《のぞ》くようにしていると、たぶん外へ出られるのか、風がうねるように吹きかえして来るのがわかった。

ともかく行ってみよう。

晴美が階段を上がって行くと、その背後で、風に巻かれたローソクの火が消えた。

晴美は上へ上へと上がって行った。——不意に、晴美は外に出た。

そこは、屋根から張り出したバルコニーで、人が三人も立てば動けないほど、狭いものだった。手すりから下を見下ろすと、中庭がずっと見渡せる。

ここは、ちょうど居館と、あの大きな塔、ベルクフリートとの境目に当たっていた。二つの建物は、くっついているのだが、どこにも出入口はない。ベルクフリートへ行くには、いったん下へ降りて、外へ出て、それからベルクフリートの真ん中あたりにある入口へ、梯子《はしご》か何かをかけて上がるしかないのである。

しかし、ベルクフリートは、今はまったく使われていないのだ、ということだった……。

晴美は、夜空になお黒々とそびえる、石の塔を見上げた。天辺あたりには、敵と戦うための窓が並んでいるが、そのほかには、ほとんど窓というものがない。中は、暗黒の世界なのだろうか。――昔、人々はこんな石の壁の中で、何を考えていたのかしら、と晴美は思った。

そして――目を見張った。

ベルクフリートのいちばん高い窓の一つに、明かりが動いたのである。間違いない！

窓が黄色く照らし出された。

そして今度は、はっきりとした女の声で、「夏のなごりのバラ」の歌が、聞こえて来たのである。

晴美は、じっと目をこらしていた。窓に影が動く。

――誰かがいる。

風が、髪をめちゃくちゃにかき回しながら、上から、下から、吹きつけて来た。

そして一瞬――ほんの一瞬だったが、窓の中に、白い姿がチラリと動いた。

それは、晴美の見間違いでなければ、白いドレスを着た女だった。――確かだ、と思った。黒い髪と、白いドレスの裾《すそ》がひるがえるのまで、見えたような気がする。

それとも、ただの、錯覚なのだろうか？

ともかく、誰かがあそこにいることは確かなのだ。

また歌声が、風に乗って聞こえて来た。それは、高いソプラノのような声で、流れるようなメロディラインを、ゆっくりと辿《たど》って行った。——いったい誰なのだろう？

すると、突然、歌声が途切れて、今度は、胸をしめ上げるような、哀しげな悲鳴が、聞こえて来たのである。

それは絶叫ではなく、長い長い、嘆息にも似ていた。こんな悲しげな声は、聞いたことがない、と晴美は思った。

そして——ふっと窓の明かりは消えた。

じっと目をこらしたが、もう何も見えない。

どれくらい粘《ねば》ったか。晴美は諦《あきら》めて、肩をすくめ、バルコニーから、階段を降り始めた。

——ともかく、誰か女が一人、あの塔の上にいる。幽閉《ゆうへい》されているのか、それとも隠れて住んでいるのか。

この一件は、まず兄と相談してから、どうするか考えよう、と晴美は思った。

だが、いきなり話をしても、

「夢でも見たんだろ」

と笑われそうな気がする。

「それもそうね……」

と階段を降りながら、晴美は呟《つぶや》いた。

古城の塔に幽閉された、白いドレスの女なんて——ちょっと出来すぎのような気もする……。

階段を降りていた晴美は、ギョッとして、足を止めた。

前に、誰かが立ちふさがっていた。

ほの暗い照明に浮かび上がったのは——あの、死刑執行人のマスクだった。

「誰？　あなたは？」

相手は、何も言わなかった。晴美は、その男が、あの長い、重い剣をゆっくりと振り上げるのを見た。

「やめて！」

晴美は、階段を駆け上がった。たった今まで晴美の立っていたあたりに、剣が当たって、キーンと鋭い音を立てた。

「誰よ。——何をするの？——人を呼ぶわよ！」

男は、マスクを直し、剣を両手でつかんで、階段を上がって来る。剣がヒュッと唸《うな》って、壁を叩く。火花が飛んだ。

「やめて！——誰か！　助けて！」

晴美は階段を上がりながら叫んだ。男は、急ぐでもなく、剣を握り直して、追って来た。

「ホームズ！　石津さん！」

晴美は上へ上へと追い上げられながら叫んだ。「お兄さん！」

片山が最後に出て来るのが、信頼度の低さを表わしている。

ヒュッと剣が空《くう》を切る。晴美はよけようとしてつまずいた。頭の上を剣が走って、壁に激しく打ち当たった。火花が飛び、石のかけらが、晴美の顔にまで飛び散った。

「人殺し！　誰か来て！」

晴美は必死で駆け上がった。バルコニーへ出る。

晴美の顔から血の気がひいた。ここからはもう行くところがないのだ。

男の重々しい足音が、ゆっくりと上がって来る。――あの、無表情な鉄のマスクが、バルコニーに現われた。

「やめて……」

いくら晴美でも、こうなると絶体絶命である。

バルコニーに現われた男は、剣を握り直すと、ゆっくりと頭上高く振り上げた……。

そのとき、

「ギャーオ」

とホームズの鳴き声が二人の間に割って入った。

男がハッとしたように頭を左右にめぐらす。なまじ、鉄のマスクなどつけているので、視野が狭いのだろう。

今だ！　晴美は、チャンスを逃しはしない。

思い切って、その男のわきを駆け抜けた。

「ホームズ、おいで！」

晴美は、飛ぶような勢いで、らせん階段を駆け降りた。

廊下へ飛び出すと、片山と石津がやって来るところだった。

「おい、どうした！」

二人ともパジャマ姿である。「ホームズの奴が、なんだか騒ぐもんだから――」

「殺される――ところだったのよ！」

「何ですって！」

石津が顔色を変えた。

「あの――マスクをかぶった男が――階段に――」

晴美もさすがに息が切れている。

「任せてください！」

石津は、そう言うなり、階段のほうへと突っ走った。

「石津さん！　危ないわよ！」

晴美の声も、もう届かない。石津は、階段を駆け上がっていた。

「おい、どうしたんだ？」

片山は、呆気《あつけ》に取られているばかり。

「相手は大きな剣を持ってるのよ！　早く石津さんを止めて！」

「よ、よし、分かった」

片山はあわてて、石津の後を追って走り出した。――晴美も、胸を押えて、喘《あえ》ぎながら、片山の後から、走る――というわけにはいかず、ヨタヨタと上がって行った。

いくら石津さんでも、素手《すで》であの剣と闘うのは無茶だ。

「――石津さん。――お兄さん、大丈夫？」

頭上が、いやに静かなのが気になった。

殺されてしまったのかしら？　まさか！

「お兄さん！」

と呼ぶと、

「ここだ」

と、片山がヒョイと顔を出す。

「石津さんは？」

「上にいるよ。——なんだかバルコニーみたいなところだ」

「でも——捕まえたの？」

「誰を？」

「マスクをかぶった男よ、決まってるじゃないの！」

「上には誰もいないぜ」

片山の言葉に、晴美は啞然とした。

「そんなはずないわよ！」

「じゃ、来てみろよ」

晴美は、ハアハアと喘《あえ》ぎながら、バルコニーまで上がった。

バルコニーは、石津、片山、晴美の三人で、もう一杯だった。

「——石津さん、本当に誰もいなかったの？」

晴美は、呆気《あつけ》に取られていた。

「ええ。ここまで一気に駆け上がって来たんですが……」

「でも——確かにここに——」

晴美は周囲を見回した。

「誰だったんだ、そいつは？」

「分からないわよ。そんな……。たぶん、男でしょうね、あの重い剣を振り回してたから」

「しかし、ここから逃げるってのは、むずかしいぞ」

「分かってるわよ」

と晴美は言った。「でも、本当にここにいたのよ。そして、どこかへ消えたんだわ」

「夢でも見たんじゃないか？——いや、取り消す！」

晴美にひっかかれそうになって、片山はあわてて言った。「しかし、お前、こんなところで何をしてたんだ？」

「ああ、それね」

晴美は、今は光一つ動かない、黒い塔を見上げた。

「——歌を聞きに来てたのよ」

片山と石津が目をパチクリさせた。

そして、石津が派手なクシャミをした。

3

片山は、ふと誰かの気配《けはい》を感じて、目を覚ました。

反射的に思い浮かべたのは、あ、俺は眠ってたんだな、ということであった。眠っていなければ目を覚まさないはずだからだ。これは実に論理的である。

晴美が殺されかかるという騒ぎがあって、どうせその後は朝まで眠れないと思っていたのだが、石津が、

「晴美さんのことが心配で、とても眠れません」

と言っておいて、五分後にはガーガー大いびきをかき出したので、つい、つられて眠ってしまったらしかった。

まだ朝にはならないのかな。——それはそうと、誰なんだろう？

ヒョイと顔を上げると、手に燭台を持って、由谷圭子が立っている。可愛いパジャマ姿だ。

「やあ、——どうしたの？」

片山は、目をパチパチと閉じたり開けたりしながら訊いた。

「私、眠れなくて——」

と圭子は低い声で言った。

「どうして？」

「怖いの……なんだか……」

片山は、ちょっと不安になって来た。この圭子という娘には、あまり女っぽい色気がないので、比較的「安心」だったのだが、この目つきは、どうも、「いつか来た道」という感じなのである。

「ねえ、晴美を起こして、何か、おしゃべりでもしていたら？　あいつはヒマ人で、話の相手にゃ、ちょうどいいし——」

「私、片山さんのベッドで寝たいの」

片山はあわてて飛び起きた。

「そ、それはいけないよ！　嫁入り前の娘がそういうことを言い出しちゃ」

「私、構わない！」

圭子が、燭台をナイトテーブルに置くと、いきなりパジャマを脱ぎ出した。

「やめなさい！　君！　そんな——そんなことをしちゃ、パジャマが汚れるじゃないか！」

「片山さん！」

かなりのボリュームのある肉体が片山めがけて飛んで来た。片山は圧倒されて引っくり返ると、ベッドの端から落ちそうになった。

「や、やめてくれ！」

「片山さん！」

圭子の体重で片山は息も絶え絶えになりながら、ベッドから転げ落ちまいと必死になった。頭が完全にベッドから外れて宙に浮いている。

「ちょっと——ちょっとどいてくれ！」

「いやよ！」

圭子が片山の首に両手をかけた。

「な、何をするんだ！」

「片山さんを殺して、私も死ぬ！」

「冗談じゃない！——助けてくれ！　石津！　ホームズ！　助けて——」

片山はドサッとベッドから落ちて、目を覚ました。

「ああ——夢か……」

ベッドには誰もいなかった。

潜在的な女性恐怖症、とでも、心理学者なら名づけるかもしれない、と思った。どうなっちゃうんだ、この旅は、と片山はため息をつきながら、起き上がった。

目の前に誰かがヌッと立っている。片山は飛び上がりそうになった。

「おやすみのところを、申し訳ございません」

梶本だった。

「やあ……。いや、びっくりした。もう朝なの？」

「間もなく六時でございます」

「そうか。——みんなもう起きてるの？」

「いえ、まだでございます。実は——」

と、梶本はちょっとためらって、「旦那《だんな》様がいらっしゃいません」

と言った。

片山は頭を振った。少しスッキリする。

「いないって？」

「はい。どちらにもおいでになりません」

「変だね。——で、捜してみたんだね？」

「くまなく捜しました」

「そうか。分かった。じゃ、着替えて、すぐ行くよ」

「申し訳ございません」

梶本が出て行くと、片山は、口をポカンと開けて眠っている石津を揺さぶった。

「もう朝飯ですか？」

石津は起き上がりながら言った……。

片山と石津が服を着て廊下へ出ると、晴美も出て来た。

「おはよう」

「なんだ、お前も起きたのか」

「ホームズが起こしてくれたの。何かあったの？」

「永江英哉がいなくなった」

と片山は言った。「さあ、行こう」

ホームズがニャーとひと声鳴いた。


「この広い城内だもの。どこかへ隠れてりゃ分からないんじゃないのかしら」

と晴美が言った。

「旦那様がいつもお使いのところは限られておりますので」

と、梶本が言った。

「じゃ、寝室を見せてくれ」

「はい」

ゆうべ英哉と話をした広い部屋である。

もちろん暖炉の火は落ちて、部屋は寒々としていた。古びたベッドには、寝た形跡がある。

「——昨夜は、何時ごろ寝たんだろう?」

と片山が訊いた。

「十二時に、私は寝《やす》ませていただきました」

「そのときは、まだ起きていた?」

「はい。暖炉のそばにおいででした」

「いつもそんな時間には起きているの？」

「たいてい夜中の二時か三時に床へ入られるようです」

と、梶本は言った。「お目覚めも十一時近いのが普通でございますから」

「そうか。すると、いつもぐらいの時間に寝たとして――」

片山はベッドに近付くと、ふと気が付いて、「君はどうしてこんな早い時間にここへ来たんだい？」

「暖炉に火を入れに、でございます。朝は大変冷えますので」

「なるほど」

たしかに、底冷えのする寒さである。風は遮《さえぎ》れなくても、木造の家の寒さは、これほど芯《しん》まで貫いて来ないという気がした。

「十一時に起きるのに、こんなに早く火を入れるの？」

と晴美が訊いた。

「今朝は八時ごろお起こしすることになっておりました」

「それはどうして？」

「たぶん、お客様がそんなに遅くまでおやすみでないとお思いだったのでしょう」

「なるほど」

片山はベッドを覆《おお》う毛皮をめくってみた。ホームズがやって来て、ヒョイとその上に飛び乗る。

「何かありそうかい？」

と片山が声をかけると、ホームズは丸くなって寝てしまった。

「なんだ、おい、のんびり寝てる場合じゃないぞ」

と片山が文句を言うと、ホームズはヒョイと立って、ニャーゴと鳴いた。

「違うわよ、お兄さん、ほら！」

と晴美が言った。「寝た跡よ」

「え？」

「本当に寝ていないんだわ。本当に寝ていれば、そんなふうにならないわよ。ちょっと引っ張ってごらんなさい」

片山がシーツを引っ張ると、ピンとのびて、しわが消えた。

「ね？　おかしいわよ。ずっと寝ていてしわができたのなら、そんなに簡単に消えやしないわ」

「なるほど」

寝たように見せかけている、ということは、つまり、何か目的があったということである。すると、英哉は自分から、姿を消したのだろうか？

「そうだわ、お兄さん」

と晴美が言った。「ゆうべの、ほら、マスクと剣――」

「そうか。調べてみよう」

と、片山は石津のほうへ肯いて見せた。

「――変ですよ」

と石津が言った。

「別におかしくないさ。その男は、後で、マスクを戻しておいたんだ」

片山は、あの無気味に無表情な、死刑執行人のマスクを見ながら言った。ここが東京なら、指紋でも採《と》るところだが、そんな用意はない。

「いえ、そうじゃなくて、剣のほうです」

と石津が言った。

「剣がどうした？」

「この剣よ。ほら、少し刃が欠けてるわ」

と晴美が、大きな剣を指さして言った。

「失くなっている剣がありますよ」

と石津が言った。

「――本当か？」

「ええ。僕が振り回した短剣。それに、長い剣も一つありません。それに――槍もないようですよ」

片山と晴美は、顔を見合わせた。もし、それが事実だとすると……。

「本当に弟はいなくなったのですか？」

と、永江和哉は言った。

「そのようです」

片山は、コーヒーを飲みながら言った。「しかし、なにしろこの城は広いですからね。どこかに隠れていれば、分かりませんよ」

「いったいどういうつもりなのかしら？」

有恵が、ちょっと苛立《いらだ》った口調でいった。いや、あの口調は、苛立っているのではない。怯《おび》えているのだ。

朝九時を、少し過ぎていた。どんよりと曇った日で、少し肌寒い。

窓の外は、白い霧がゆったりと流れていて、圭子が、

「なんだか水槽の中にいるみたい」

と言ったのは、まさに実感であった。

朝食のテーブルは、なんとなく沈みがちだった。――永江英哉が姿を消したことを片山に告げられると、永江和哉は、ちょっと眉を寄せたが、何も言わなかった。

むしろ、あれこれとしつこく質問して来たのは、息子の紳也だった。——一とおりの説明が終わると、しばらく誰もが黙々と食事を続けて、その後、やっと永江が口を開いたのだった。

片山は、テーブルについている一人一人の表情を、ゆっくりと眺めて行った。

永江和哉は、目をテーブルに落として、固いパンをちぎっている。ヨーロッパ風にパンとコーヒーの朝食に、希望した者だけハムと卵をつけてもらっていたが——石津が希望者だったことは言うまでもない——永江はパンとコーヒーだけで済ませていた。

弟の失踪を、永江はさして意外とも思っていないようだった。それとも、心中の動揺を押し隠すために、あえて無表情を装っているのだろうか？

妻の有恵は、ピリピリしているのを隠そうともしない。ともかく、ここへ来てからずっとこの調子である。——秘書の北村との仲を夫に知られているのが分かり、それを全員の前で暴《あば》かれてしまったのが原因だろうか。そうかもしれない。しかし、それ以外に原因があるとも考えられる。

大体、有恵のようなタイプの女は、浮気がばれても平然としていることが多い。とぼけているか、開き直るか、である。こうも神経質になっているのは、ほかに理由があるのかもしれない。

そうか。——財産だ。離婚してしまえば有恵の手には一文も入らないのだ。

問題の北村は、いつもながらのポーカーフェイスだ。雇い主の妻に手を出したとなれば、地位を失うことは目に見えている。外見とは裏腹《うらはら》に、かなり苛立《いらだ》っていて当然、というところか。

この中でいちばん様子の変わらないのが、永江紳也かもしれない。ともかく、何事にも無関心なタイプの男なのだ。

金と女には関心があるのだろうが、そのためにでも、努力を惜しまないという性質ではあるまい。——叔父の行方不明にも、あれこれ質問して来たものの、それは、スターのゴシップへの関心と同類のもののように、片山には思えた。

由谷圭子は、いちばんまともな反応を示した。つまり、不安そうになり、無口になったのである。彼女の性格からすれば、こうなって当然だろう。

ただ、あまりにまとも過ぎる、と言えなくもない。永江英哉の話のとおり、英哉の妻、智美が殺されたとき、圭子もヨーロッパへ来ていたのだとしたら、圭子も、見かけほどの純情な娘ではないということになる……。

神津麻香は戸惑《とまど》ったような表情だった。当然だろう。彼女自身は、この一族と何の関係もない。しかし、こうして一つの城の中にいる限り、いやでも事件に巻き込まれることにはなるだろう。

もちろん、今は落ち着いてコーヒーにパンを浸《ひた》しながら食べているが。

そしてもう一人いる。――梶本だ。

もちろん、ただ英哉に雇われただけだとも言えるが、その経歴や、人柄はまったく分かっていない。なぜこんなところで働いているのだろう？　いくら給料がいいとしても、この城で暮らすというのは、よほど何かの事情があったと考えていい。

「あの――パンをもう少し」

石津に言われて、梶本は、かしこまりました、と調理場へ退《さ》がって行った。

「どうしますかね」

と北村が、テーブルについた人々を見回しながら言った。

「早く帰りたいわ、私」

と有恵が言った。「ここにいる必要なんてないじゃないの」

「そうかなあ」

と、紳也がのんびりと言った。「でも、まだいろいろ話し合うこともあるんじゃないの。叔父さんがこれからどうするつもりなのか、とかさ」

「当人がいなくちゃ、話にならないでしょう」

と有恵が言い返す。

「まあ待て」

と、永江が言った。「ともかく、英哉がどこに行ったのか、捜してみなくちゃならん。

ここはあいつの家だ。何もあいつが出て行くことはないわけだしな。それに、姿を消したといっても、一晩だけじゃないか。それで騒ぐのも、どうかと思うね」

「そうですわ」

と、神津麻香が言った。「ともかく今日一日ぐらい、お待ちになっては……。私の口を出すことではないと思いますけれど」

「そうよ。黙っててちょうだい、社員のくせに！」

と、有恵がかみつく。

「神津君にそんな口をきくな」

と、永江が厳しく言った。「彼女はこのドイツでの有能な戦力だ。それにお前よりはずっとしっかりしている」

有恵は顔を真っ赤にしたが、何も言わなかった。

「でも、剣が失くなっているというのは、やはり問題ですよ」

と、晴美が言った。「ある程度の危険は予測できるんじゃありません？」

「それを弟が持って行ったとは限らんだろう？」

と、永江が言った。

「それはそうですが……」

と片山が言った。「ともかく一応、この城の中を捜してみたいと思うんです。皆さんに協力していただきたいんですが」

「警察を呼びましょうよ」

と、有恵が言った。「ドイツにだって、警察はあるんでしょ？」

「そりゃもちろんですよ」

「じゃ、警察の人に捜してもらえばいいわ。見付けたのはいいけど、殺されちゃった、じゃどうしようもありませんもの」

片山は肩をすくめて、

「残念ながら、この城には、電話というものがないんですよ」

と言った。

「じゃ、呼びに行けば？」

「誰が？」

「北村さん、あなた車の運転できるんでしょ？」

北村は、ちょっと戸惑い顔で、

「できますが――車がありませんよ」

「車なら、ございますよ」

と、梶本の声がした。

「車があるの？」

と晴美が訊くと、梶本はテーブルのほうへやって来て、

「かなり古い型の小型トラックでございますが……」

「動けばいいわよ！」

と、有恵が言った。「ね、北村さん、行って来て！」

「はあ……」

北村は、永江を見た。永江は、ちょっと肩をすくめて、

「それで気が済むなら行けばいいさ」

と言った。

北村は、あまり気が進まない様子だったが、梶本に、警察の場所を訊いた。

「あの道を下《くだ》って、道が分かれるところを左へ……。間違いようがございません。一本道ですから」

「そうか。じゃ、車のキーをくれ」

北村は諦めた様子で立ち上がった。

——車は、「かつて車だった」という程度のしろものだったが、それでもエンジンをかけるとガタガタと動き出した。

車は、跳ね橋を渡って城門を入ったすぐわきに、置かれていた。城へ入ったとき気が付かなかったのは、門衛棟の陰に、なかば隠れるようになっていたからだろう。

「じゃ、よく説明するんだぞ」

と、永江が言った。

みんな、食事の後、ここまで北村を送って来たのである。当の北村は、つまらなそうな顔で、

「私のドイツ語で通じますかどうか……」

と、ブックサ言っている。

「早く行け。通じなかったら、ともかく警官を一人、無理にでも引っ張って来い」

と、永江が言った。

「はあ。——では」

北村は、諦めたのか、肩をすくめて、ゆっくりとアクセルを踏んだ。トラックは、ガタンゴトンと、空中分解しそうな音を立てて、動き始めた。

「行ってらっしゃい」

と、有恵が言って手を上げる。

「気を付けて！」

と、紳也が声をかける。「途中で吸血鬼に襲われないようにね！」

みんなが笑った。——トラックは、城門をゆっくりと通過した。跳ね橋にかかる。

「片山さん」

と石津が言った。

「なんだ？」

「思い出したことがあるんです」

「何を？」

「もう一つ、失くなっていたものがあります」

「剣と槍のほかに？　何だ？」

「手斧《ておの》です」

と、石津が言った。

トラックが、跳ね橋の上をノロノロと進んだ。——突然、ホームズが、ニャーオと鋭く鳴いた。

すると、ギーッときしむ音がして、トラックが、跳ね橋ごと視界から消えてしまった。

——誰もが、ポカンとして、たった今まで、橋と、トラックのあった空間を、見つめていた。

真っ先に駆け出したのは、晴美とホームズだった。片山も我に返って、

「おい！　危ないぞ！」

と叫びつつその後から走り出した。

堀へと落ち込むへりまで来て、晴美は足を止めた。

淀んだ堀の水の中に、跳ね橋が、斜めに、突き刺さるようにして落ちていた。そして、小型トラックの鼻先が、少しずつ、水面下に沈みつつあった。

「——誰か！　助けに行って！」

と、有恵が叫んだ。

「無理だよ」

と、永江が言った。「水というより、泥に近い。とても出て来られやしない」

「だって……」

「もう遅い」

と、永江は言った。

片山にも、どうすることもできなかった。

——トラックは、完全に、水面下に消えた。いくつか、泡が大儀《たいぎ》そうに吹き出て来て、割れたが、それだけだった。

ゆっくりと霧が、風に吹かれて流れ込んで来ると、まるで死者の顔に白い布をかけるように、堀を覆《おお》って行った。

4

「見ろよ」

と片山は、跳ね橋の落ちた跡を指さした。

晴美がゆっくりと肯く。

「事故じゃないのね」

一見して明らかだった。跳ね橋の支えになっていた柱が、きれいに折れている。深い、切り込みが入れてあったのだ。しかも、ごく真新しい。

白木がむき出しになっているのである。

「犯人は、誰かが車で出て行くのを予期してたのね」

と晴美が言うと、ホームズが、ニャオと鳴いた。「ええ?——あ、そうか、馬車でも良かったわけね。それとも、みんながゾロゾロ上を通ったら、落ちていたかもしれないわ」

「いずれにしても、これは殺人だよ。——やれやれ、ついに、か」

片山はため息をついた。

「どうするの?」

と、晴美が訊く。

「どうするって……。俺に分かるか」

「頼りないのねえ。だって、一応ここでは警察の責任者なのよ」

片山としては、「一応」というところに力が入っているのが気になったが、まあ、そこまではとやかく言わないことにした。

「ともかく、居館へ戻ろう。――霧が出て来たよ」

霧は、堀をすっかり埋めつくして、城門の中へと這《は》い入って来ていた。まるでそれは足音もなく忍び寄る巨大な白い怪物のようだった。

「そうね。おいで、ホームズ」

風が巻いて、唸《うな》った。ウォーンという、谷を鳴らす風のすすり泣きは、まるで狼の遠《とお》吠《ぼ》えだ。

片山と晴美、それにホームズは、門衛棟の前を通り、石段を上がって行った。門塔から中庭へ入ると、

「やあ、こりゃ凄《すご》い」

と、片山は思わず声を上げた。

「まあ……」

と、さすがの晴美も絶句。

中庭は、霧に埋まっていた。城の裏手から、吹き上げる風に乗って、流れ込んで来たらしい。もはや、立ちこめる、といった生易《なまやさ》しい表現では追いつかない。白い海の中に放り込まれた、といったら、少しは近いかもしれない。

「迷子になりそうだ」

と方向音痴の片山が心細い声を出す。

「しっかりしてよ。いくらなんでも、目の前に居館があるじゃないの。黒々と見えてるわ」

「そうか。遠くの山かと思った」

「いよいよボケて来たの？　まだ早過ぎるんじゃない？」

晴美は憎まれ口をきいて、「さ、ホームズ、私たち、先に行きましょ」

と、歩き出す。

「待ってくれ！　俺を置いてくなんて冷たいぞ！　それでも妹か！　おい、ホームズ！お前は誰のおかげでエサをもらってると――」

「もう！　やめてよ、みっともない」

と、晴美が振り向いた。「ねえ、ホームズ、これが天下の警視庁捜査一課の刑事なのかしら」

「ニャーゴ」

と、ホームズが、賛意を示した。

「俺は高所恐怖症で閉所恐怖症なんだ」

「変なことで威張《いば》んないでよ」

三人は霧の中を、居館へと歩き出した。

ヒュッ。——口笛のような音がした。

すぐ近くの敷石にカーンと何かがはね返る。

「何かしら？」

と晴美が足を止める。

ヒュッ。——ホームズが、その音がするより早く、晴美へ向かって飛んだ。

「キャッ！」

ホームズが頭に飛びついて来たので、晴美がびっくりして、引っくり返った。カーンと音がして、何かがはねる。

「矢だ！」

片山が叫んだ。「狙われてる！　早く居館へ入るんだ！」

晴美は、あわてて飛び起きた。

「走れ！」

ほんの少し、ほんの目の前。——そう思った距離が、意外にある。

ヒュッと三度目の音が鳴り、片山は、何かが、目の前、ほんの数センチを通り過ぎるのを見た。いや、見えはしない。感じたのだ。

ドアに取りつく。いくら引いても、開かない。

「畜生！　閉め出された！」

「馬鹿ね！」

晴美は片山の背中をぐいと突いた。「そのドアは押すのよ！」

片山は中へ転がり込んだ。ホームズが飛び込む。晴美は中へ入ってドアを閉めた。同時に、ストン、と音がした。

「――ドアに矢が刺さったわ」

と、晴美が言った。「危機一髪だわ、まさに！」

片山、晴美ともども、その場にへたり込んで動けない。

そこへ石津がやって来た。

「あれ？　お二人で座って何を遊んでるんですか？」

「誰が遊んでるっていうんだ！」

片山がかみつきそうな声を出す。

「みんな、どう？」

と、晴美が、やっと起き上がる。

「部屋へ入っちまいました。かなりのショックのようですよ」

それはそうだろう。目の前で、人が一人、死んで行ったのだから。

「ともかく、対策を練らなきゃ」

片山も、やっとこ立ち上がった。

「みんな、自分の部屋に引っ込んだの？」

と晴美が訊く。

「ええ」

「それじゃ、一人が抜け出しても分からないわけね」

「そうか……。誰かが弓を使って――」

石津がキョトンとして、

「何の話です？」

と、二人の顔を交互に見た。

「いいのよ。ともかく一休みしましょう」

と晴美は言った。「ワインでも飲みたいわ、キューッと」

ワインというのは、あまり「キューッ」と飲むものではないだろうが、この際、どうでもいい。片山も肯いて、

「俺もだ。一杯キューッと……ジュースでも飲みたい」

と言った。

「ございません」

と、梶本が答えると、居間は静まり返った。

片山たちが霧の中を戻って来てから、一時間ほどたっていた。片山が声をかけ、石津が半《なか》ば力ずくで、全員を引っ張り出して来たのである。

永江は、むっつりと黙り込み、大分アルコールの入った有恵は、ヒステリックになっていた。紳也と圭子はあまり変わらない。神津麻香は不安げに隅のほうへ引っ込んでいる。

片山は、梶本に、

「橋が落ちちまったけど、ほかに出る道はどこにあるんだ？」

と訊いた。

それに梶本が答えたのである。――ございません、と。

しばらく、誰も口をきかなかった。一瞬、自分が見えない縄で、この城につながれているところを想像していたのかもしれない。

「そんな馬鹿な！」

と、吐き出すように言ったのは、紳也だった。

「そうよ！　出入口があれ一カ所だなんて――」

一オクターブ高い声を出すのは、もちろん有恵である。

「残念ながら、事実でございます」

と、梶本は言った。

「それはそうだろう」

と言ったのは永江である。「そんなにあちこちから入れるのでは、城としての用をなさん」

「何を呑気《のんき》なことを言ってるの！」

と有恵がかみつく。「じゃ、ずっとここにいるつもりなの？」

「大げさに考えることはない。そのうち、誰かやって来るさ」

しかし、永江の言葉も、あまり自信に満ちているとは言えなかった。

「その……何か橋の代わりになるものはないのかな」

と片山が言った。「橋のスペア、というか……」

「お兄さん、もうちょっとましな言い方、ないの？」

「もう一つあるはずですね」

と、石津が言った。「だって、おはしは、二本一組と決まってますから」

石津が自分でゲラゲラ笑った。――が、誰も笑おうとしないので、ハタと笑うのをやめ、目を天井に向けた。

「あの堀は、かなり幅があるな」

と、紳也が言った。「とても、飛び越えられないよ」

「無理だよ、それは」

と永江が言った。「それじゃ何のための堀か分からんだろう」

「はしごぐらいあるでしょ。それを向こうへ渡して――」

と有恵が言いかける。

「誰が渡る？　お前か？　私はごめんだぞ。あの堀へ落ちたら一巻の終わりだ」

「それは……刑事さんの仕事でしょ！」

片山がギクリとした。片山としては最も苦手とする類《たぐ》いの任務である。

「僕はだめです」

石津が先回りして、「体重がありすぎて、はしごが折れてしまいます」

「まあ、ともかく落ち着いて」

と、永江が立ち上がった。「北村の死だって、事故かもしれんじゃないか」

「いえ、永江さん」

と、片山が言った。「これははっきりしています。あの橋は、故意に落とされたんですよ」

「弟がやったと？」

「弟さんは姿を消しました。そして、短剣と長剣、槍、それに手斧がなくなっている。――一応、警戒しなくてはなりませんよ」

「畜生！」

と、紳也がテーブルを叩いた。「どうすりゃいいんだ！」

「我々の手で英哉さんを見付けることができれば……。しかし、それには、この城の中を捜し回らなくては」

片山は、梶本のほうを向いて、「どこか、隠れられそうなところの心当たりはないのかい？」

「私にはどうも……」

「でも、ここにずっと暮らしてるわけでしょ」

と、晴美が言った。

「この城でも、実際に使っているのは、この居館だけでございます。ほかの棟はほとんど閉め切ってございますので、私は入ったことがありません」

「入ったことがない、ということは、中が使えるようになっていても分からないってことね」

と晴美が言った。

「そういうことになるな。——こいつは骨《ホネ》だ。全部調べるのは容易じゃないぞ。それに、あの分厚い扉を壊すわけにはいかないし……」

「それに、だ」

と、紳也が言った。「たとえ見付けたとしても、向こうは、剣を振り回して来る。こっちがやられる可能性もあるぞ」

「それは我々の役目ですから」

と片山が言って、「なあ、石津！」

「は、はあ。——こちらも、あの武器庫の剣を持って行きます」

「チャンチャンバラバラか。まるで活劇だな」

と、紳也が笑った。

「待ってください」

と、由谷圭子が立ち上がって、言った。

それまで、ずっと黙っていたので、みんな彼女の存在すら忘れていたようだった。

「でも——どうして、叔父さんが、こんなことをするんですか？　私たち、叔父さんにいったい何をしたんでしょう？」

「それは、あの刑事さんが、説明したじゃないか」

と紳也が言った。「叔父さんは、女房を殺したのが、僕らの中の誰かだと思ってるんだ」

「でも、私たち、みんなではないはずでしょう？」

「それはそうさ。でも、皆殺しにしようってつもりじゃないのかな」

「狂ってるわ！」

と、有恵が叫ぶように言った。「そうよ、大体こんなところに住んでいること自体、おかしいって証拠じゃないの！」

「でも――」

と、圭子が言った。「もしおかしいとしても、それは、奥様を殺されたからですわ。殺されたこと自体は、きっと事実なんです。だから、叔父さんの奥様を誰が殺したのかがわかれば――」

「待ちなさいよ」

と、有恵が遮《さえぎ》った。「じゃ、あんたは、私たちの中に人殺しがいるとでも言うの？よくもそんなことを……」

いかん、と片山は思った。今にもつかみかかりそうな勢いだ。しかし、圭子のほうも負けていなかった。

「間違っていますか？　じゃ、私たちみんなが殺されたほうがいいとおっしゃるんですの？」

「何ですって、この――」

有恵は、ワインの入ったグラスを手にしていた。それをいきり立って、圭子へ向かって投げつけた。

おそらく、有恵自身、それが当たるとはおもっていなかったのかもしれない。だが、狙うつもりでなかったものが、的《まと》を射ることがあるように、そのグラスは、まともに圭子の額《ひたい》に命中して砕《くだ》けた。

晴美がアッと声を上げる。――グラスに残っていたワインが、圭子の胸元に、血のように広がった。

誰も、声一つ発しなかった。いちばん青ざめていたのは、投げつけた有恵であった。

だが、片山にとっていちばんのショックは、ぶつけられた圭子の反応だった。

圭子は、グラスが当たった瞬間、ハッと頭をそむけるようにしただけで、一歩もその場から動かなかった。そして、真っ直ぐに有恵を見返した。

額から、一筋、血が流れて、鼻のわきから唇へと伝い落ちて行く。だが、圭子は、痛みの表情一つ見せず、ただじっと有恵を見つめている。その様《さま》は、一種異様な凄味《すごみ》を感じさせた。

「あの……」

有恵が、まるで夢からさめた、というように、言った。「ごめんなさい……私……そんなつもりじゃ……」

「いいえ」

と、圭子は無表情な声で言った。「ご心配なく」

そして、圭子は、足早に居間を出て行った。——晴美が、我に返った様子で、圭子の後を追った。

「なんてことをするんだ！」

と、永江が顔を紅潮させて詰《つ》め寄った。

その剣幕《けんまく》に、有恵もさすがにたじろいで、

「つい——手が滑ったのよ」

と、口ごもりつつ言い訳をしている。

まさかあんなことになるとは、思いもしなかったのだろう。

「圭子に謝《あやま》れ！　手をついて詫《わ》びて来い！」

永江の声は怒りで震えていた。有恵は青ざめながら、反撃を試みる。

「いやよ！　私はあなたの妻なのよ。どうしてあんな子に——」

「まあ落ち着いて」

片山は割って入った。「ともかく彼女のことは妹に任せておけば大丈夫ですよ。それよりも、我々がどうするべきかを決めなくては……」

「そうですわ」

と、神津麻香が進み出た。「皆さん、ピリピリしてらっしゃるから、ちょっとしたことでも爆発しそうですもの。冷静にならなくちゃ」

片山は、ホームズが廊下へと出て行くのに気付いた。由谷圭子の様子が気になるのかな。

「――ぼんやりしてたって仕方ないじゃないか」

と、紳也がのんびり言った。「じゃ、ともかく、どこかを捜そうよ。手分けして調べれば、そう時間もかからないだろ」

「それは危ないですよ」

と、片山は言った。「固まって行動したほうがいい。なにしろ向こうは武器を持ってるんだから」

「でも、刑事さんが二人いるんだから、二つに分かれるぐらいいいじゃないか」

片山は、ぐっと詰まった。確かに理屈ではあるが、自分一人で、剣を振り回す敵に対抗できるかしら？

「でも、まず、みんなで調べてみません？」

と、救いの手が差しのべられた。

神津麻香だった。彼女は梶本のほうを向いて、

「鍵はないの？　いつもどこかにしまっているとか……」

「さあ、それは――」

と梶本が首をひねる。

「いいじゃないですか。だめならぶち壊しましょう」

と、石津は威勢がいい。「――ただし、何か食べてからにしませんか？」


晴美は、圭子を追って、廊下を走って行った。

「どこに行ったのかしら？」

と、息を弾《はず》ませて、足を止める。

そんなに遅れて出て来たわけではないのだが……。廊下は真っ直ぐで、ずっと見通せる。それなのに、圭子の姿は見えないのだ。

「圭子さん！――圭子さん、どこ？」

と晴美は呼んだ。

変だわ、と首をひねる。たったあれだけの間に、見えないところまで行ってしまうということがあるだろうか？

部屋へ戻ったのか？　それにしても、早すぎるような気がする。

廊下の奥のほうまで歩いて来て、晴美は諦《あきら》めて肩をすくめた。――まったくこの城は、妙なことばかりだ。

振り向いたとたんに、目の前に圭子が立っていて、晴美は飛び上がらんばかりに驚いた。

「ああ、びっくりした！——大丈夫なの？」

「心配かけてごめんなさい。たいしたことないの」

圭子は、ハンカチで顔を押えていた。少し血がにじんでいる。やや青ざめてはいるが、平静な表情だった。

「ひどい目にあったわね」

「慣れてますから」

と、圭子は言った。

「こんなことが前にも？」

「直接、傷つけられたことはないけど、でも、心の傷より、本当の肌の傷のほうが治《なお》るのは早いわ」

こんなことを言っても、少しも自分に同情していない。冷静に、そう語っているのだ。そこが哀れで、恐ろしかった。

「傷の手当てを——」

と晴美が言いかけるのを、

「いいえ」

と遮《さえぎ》って、「本当に大丈夫です。ありがとう」

「そう？」

晴美は、無理にとは言わなかった。「じゃ、部屋で休んだら？」

「ええ、そうします」

と、圭子は肯いた。

階段のほうへ歩きかけて、圭子は足を止め、振り返った。

「楽しいわ、私」

晴美は耳を疑った。

「楽しい？　どうして？」

「だって、みんなが焦《あせ》って、助かろうとしてるところを、はたから眺めるのって、面白いわ」

「だけど——殺されるかもしれないのよ」

「私、別に構わない」

と、圭子は言った。「誰が殺されたって、涙なんか流さないわ」

穏やかな中に、激しいものを感じさせる。晴美は一瞬ゾッとした。

「ねえ、ところで——」

と、晴美は言った。「あなた、どこにいたの？　私、ずっとこの廊下を捜し回っていたのに、気付かなかったわ」

「私は……」

と、圭子はためらって、「あの――たぶんそこのカーテンの陰に立っていたからだと思います。見られたくなかったから……」

「そう。――一人で大丈夫？」

「ええ、大丈夫です」

と、圭子は足早に去って行った。

ニャーオ、と声がして、気が付くと、ホームズが足下に座っている。

「なんだ。来てたの」

と、晴美が言った。「でも――おかしいわ。カーテンの陰にいて、何をしてたのかしら？　ねえ、そう思わない？」

ホームズは、キュッと目をつぶった。晴美はかがみ込んで、

「ねえ、お前は何か分かってんじゃないの？　そんなふうに自分一人で、苦労をしょい込んでるような顔をして――」

猫の苦労人（？）というのが、あるのかどうか知らないが、ともかくホームズは、いつもと変わらぬポーカーフェイスである。

「おい晴美」

片山が出て来て言った。「これから、みんなで礼拝堂を調べに行くんだ。どうする?」

「どうするって?」

「つまり、お前も——行くに決まってるな」

片山は半ば諦めたように、言った……。

5

表に出ると、片山は、恐る恐る左右を見回した。

また矢でも飛んで来たらかなわない。しかし、どうやらその気配はなかった。

霧はだいぶ薄らいで来ている。しかし、相変わらず、湿っぽく、ちょっと、身震いの出るような風が渡って行く。

「大丈夫らしい。——さあ、行きましょう」

と片山が声をかける。

「どうぞお先に」

「いや、そちらこそ」

などと声がして、押し出されるように、ゾロゾロと一団が出て来た。

扉に突き刺さった矢を、晴美が抜こうと……。

「あれ？　矢がないわ」

「足下に落ちてますよ」

と、石津が拾い上げる。「これ、矢尻《やじり》がついてませんよ」

「じゃ、いったいなんのために射って来たのかしら？」

「さあ、ともかく行ってみよう」

と片山が声をかけた。

石津が、ヨイショと声をかけて、持ち上げたのは、大きな槌《つち》である。扉をぶち破るのに使っていたものだろう。

中庭を突っ切り、礼拝堂の前でみんな、足を止めたが、入口から五、六メートルも離れたところで、こわごわ眺めている。

「さて、やりますか」

と石津が言った。

単純なだけに、あまり雰囲気に左右されることもないのかもしれない。出て来る前に、梶本が出したチキンをペロリと平らげたせいもあったのだろう。

「OK。じゃ、扉を――」

「任せてください」

石津は槌をぐいと持ち上げた。——晴美は体がこわばるのを感じた。

ここで、英哉の妻が死んだのだ。

石津は扉の前に行くと、

「えい！」

とかけ声をかけて槌を振り上げた。

「あの——」

と、神津麻香が言った。「その前に、開くかどうかためしてみたら？」

石津がタイミングを外してふらついたと思うと、尻もちをついてしまった。——みんながドッと笑い出した。

「ごめんなさい！」

と、麻香が赤くなって、「変なこと言っちゃって」

「いや——いいんです」

石津が立ち上がりながら、「そりゃおっしゃるとおりで……。まあ、開くはずはありませんけど」

石津が扉に手を当てて、えいっと押した。簡単に扉が開いて、石津は中へ転がり込んだ。——今度は誰も笑わなかった。あまりに申し訳ないと思ったのである。

「さあ、入りましょう」

と、片山は言った。

ホームズが、先頭に立って入って行く。

中は、意外に明るく、埃《ほこり》もつもっていない。——石津がやっとこ起き上がって、

「こいつ！　人を馬鹿にしてやがる！」

と、一人で文句を言っている。

「足下に気を付けて」

と、晴美が言った。「足跡でもない？」

「ないようだ。どうやら、ここには来てないいんだな」

「陰気くさいところだな」

と、紳也が言った。「こんなところで、よく神様が我慢してるよ」

「ここなんでしょ？　あの——英哉さんの奥様が——」

と、麻香が言った。

「そのはずだ」

と、永江が肯く。「どこにあるのかな、その——何とかいうやつは」

「あそこだわ」

と晴美が言った。「ほら、祭壇のわきの壁が少し開いてる……」

「これですか。——開けてみましょう」

石津が歩いて行って、手をかけた。

「石津さん！　気を付けて！」

と晴美が思わず言った。

壁が、ゆっくりと、きしみながら、開くと、〈鉄の処女〉が現われた。

――しばらくは、誰も口をきかなかった。

黒ずんだ、木と鉄の塊り。――生命のあるものではないのだが、そうと分かっていても、まるで、何百年も眠り続けた魔女が、今にも目を開いて、襲いかかって来そうで、まさに無気味だった。

「これですか」

石津が言った。ホームズが、ゆっくりと、近づいて行って、ニャーオと鳴いた。

「今は閉じてるのね」

と、晴美が、やっと声を押し出す。「それにしても、薄気味が悪いわ」

「神の名のもとに、こんな物が使われていたわけだ」

と、永江が言った。

「いやだわ。今にもパッと開いて来そう」

と、麻香が首を振る。

「どういう仕掛けになってるのかしら？」

晴美が、一段低い、隠し部屋の中へ、足をおろす。

「晴美さん！　危ないです！」

石津があわてて駆け寄ると、晴美を抱き上げて、ヒョイと離れたところへ戻した。

「やめてよ！　何やってるの！」

晴美が顔を赤らめて言った。

「すみません。でも——」

「おい、晴美」

と、片山が言った。「足跡だ」

「え？」

晴美が足下を見た。——床に、汚れた足跡がついている。自分の足跡である。

「これは……何かしら？」

「血じゃないの？」

と麻香が言った。

一瞬、みんなが黙り込む。

「まさか」

と、永江が呟《つぶや》いた。

「中に誰かいるのかもしれないわ」

と晴美が言った。「開けてみるのよ！　石津さん、なんとかして、あれを——」

「分かりました。片山さん、短剣を貸してください」

「ああ、これだ」

片山は、ベルトに挟んでいた短剣を、石津に手渡した。石津が、鉄の処女の前に行くと、ちょうど真ん中の分かれ目の隙間に、短剣を差し込んで、ぐいとこじ開けた。

ばね仕掛けにでもなっているのか、驚くほどの速さで、鉄の処女は両側に開いた。

片山は一瞬、目をつぶった。——血まみれの死体でも転がり出て来たら……卒倒するのは間違いない。

「何もないわ」

という晴美の言葉で、やっと目を開く。

鉄の処女の中は、空っぽだった。

「でも……見て……」

晴美は、ゆっくりと、近づいて行くと、内側に取り付けられた鋭い刃に、そっと手を触れた。「——血がついてるわ。まだ乾き切ってない！」

「じゃ、誰が……」

と、麻香が呟《つぶや》いた。

誰も口をきかなかった。——鉄の処女一、人が、まるで笑い声を上げるように、かすかにきしんで、音を立てていた。

「問題はあの塔よ」

と、晴美は言った。

食事は、どうにも陰気なものだった。もちろん、石津は例外だったが、ほかの面々は、一様に食欲を失っていた。

「塔?」

と、片山が訊き返す。「ああ、あの高い塔か。——そうか。あそこにもし隠れていたら……」

「そう。入口も何もない——でも、きっと、どこかから入れるのよ。そのはずだわ。でなきゃ、私を襲った男が、姿を消せるはずがないもの」

「だからって、どうやって調べるんだ?」

「あの入口に、梯子か何かをかけるのよ。ともかく、そうやって入るしかないわ」

「あんなところに?」

片山は、考えただけでめまいがして来た。

「ともかく、私は女の姿を見たのよ。誰かがあそこにいることは間違いないわ」

と晴美が肯きながら言った。

夕食の途中で、由谷圭子が姿を見せた。

「——大丈夫？」

と、神津麻香が声をかける。

「ええ、なんともありませんわ」

と、圭子は微笑んだ。

その額に、白いガーゼが痛々しい。有恵がわざと目をそらして、

「紳也さん、ワインをちょうだい」

と、声をかけた。

と紳也が、有恵にワインを注いでやりながら、

「いつまでこの霧が続くのかな」

と紳也が、有恵にワインを注いでやりながら、言った。

「この地方は霧が多いんです」

と、麻香が言った。「ここは特に、地形や気流の関係もあるんでしょうね」

「霧っていやね。中から何かがワッと飛び出して来そうで」

と、有恵はワインをぐっとあけた。

「本当ですね」

と、急に圭子が言い出したので、みんながちょっとギクリとした。

「——何が本当なんだい？」

と、紳也が訊いた。

「霧です。今の私たちは、霧の中に紛《まぎ》れ込んでいるようなもんですわ。一寸先も分からない。どこに何が潜《ひそ》んでいるかも分からない……」

「気味の悪いことを言わないでよ」

と、有恵が顔をしかめた。

「だって本当ですもの」

圭子はいたって平気な様子で言った。その口調が、どこか平板で、片山には気になった。

「霧の中から——現われるんだわ」

「誰が？」

と、晴美が訊く。

「死神《しにがみ》が。大鎌で、私たちの首を斬り落としに」

圭子は、少しも冗談を言っているわけではないのだ、と片山は思った。そんなことを口にしながら、圭子は微笑んでいる。

危ないぞ、と思った。——ちょっと、どこかのネジがゆるんでいる。

「鎌はありませんでしたよ」

と、石津が馬鹿正直に言った。

「ちょっと、みなさんにうかがいたいんですがね」

と、片山は、進み出て言った。

ここは、むしろ積極的に、事件の話をしたほうがいいと思ったのである。いちばん良くないのは、漠然とした不安だ。

「何ですか？」

と、永江が片山を見る。

「英哉さんの話についてです。英哉さんによると、妻の智美さんは殺された。そして、そのとき、ここにいるみなさんが、ドイツへ来ていた、ということでした。——事実なんですか？」

しばらくは、誰も答えなかった。

「馬鹿げてるよ！」

と、紳也が言った。「そんなのは、叔父さんの妄想だ」

「そうでしょうか」

「俺が嘘をついてるとでも？」

「それは分かりません。ここでは、ね」

と片山は言った。「日本へ戻れば、簡単に調べられることです。正直におっしゃっていただいたほうが、手間が省《はぶ》けますよ」

永江が口を開いた。

「私は確かに、こっちへ来ていた。しかし、デュッセルドルフへ来るのは、年中でしたからね。偶然と言うほかはないな」

「当然、北村さんもご一緒に？」

「もちろん」

と、永江は肯いた。「しかし、家内は遅れてやって来た。それが何日だったかまでは憶えていないですね」

「――奥さん、いかがですか？」

と片山は有恵のほうを向いた。

有恵はワイングラスを手にしたまま、肩をすくめた。

「私だって、憶えちゃいないわよ」

「英哉さんの話では、事件の一週間前にこちらへ来ている、と……」

「だからって、私がやったとは限らないでしょ」

「それはそうです。――紳也さんは？」

「紳也とは会わなかった」

と、永江が言った。「後で、パリへ行っていたということは聞いたが、私は一度も会っていません」

「本当にパリにいたんだよ」

と、紳也はふてくされた顔で言った。

今は調べようがない。しかし、少なくとも、可能性は、あるわけだ。

「じゃ……君は？」

片山は由谷圭子へ訊いた。

圭子は、片山の質問を聞いていなかったかのように、一人で軽くステップを踏んでいた。

「ねえ、踊らない、片山さん？」

と、クルリと回って見せる。「こういう古いお城じゃや、何を踊るのかしら？　メヌエットとかジーグとか、せいぜいワルツかな」

「少しおかしいんじゃないのか？」

と、紳也が言った。

急に圭子は声を立てて笑った。びっくりするほど、甲《かん》高い笑い声。

晴美が圭子のほうへ歩いて行くと、いきなり平手で圭子の頰を打った。音が食堂に響き渡るほどの力だった。

圭子は青ざめて晴美を見つめた。しかし、そこには怒りの表情はなかった。

「ごめんなさいね」

と晴美は言った。「大丈夫？」

「ええ……すみませんでした」

「食事をなさいよ」

「そうします」

張りつめた緊張が緩《ゆる》んだ。——梶本が、圭子にスープを運んで来る。

「あなたって器用な人ね」

と、晴美が梶本に言った。「どこか一流のホテルあたりでも通用しそう」

「恐れ入ります」

と、梶本は丁重《ていちょう》に言った。「それには少々見た目が怖そうでして……」

「大丈夫よ」

と晴美が言った。「だって、私のお兄さんが刑事をやってるんだもの。あなただって……」

「おい、それはどういう意味だ！」

と片山が妹をにらんだ。

石津がゲラゲラ笑い出したので、それにつられてみんな笑い声を上げた。——片山はムッとして自分の料理に取りかかった。

しかし、結果としては、この笑いが、重苦しさを多少和らげることになった。

片山としては少々複雑な思いである。俺は道化役としてしか役に立たないのか……。真剣に悩んでも、およそ絵にならないことも、よく自覚していた……。

圭子は猛烈な食欲を発揮して、石津といい勝負と言いたいくらいのスピードで、たちまちほかの面々の食事に追いついた。

「ああ、まだお腹空いてる」

と、息をついて、「でも太るからやめとこう」

「まだ心配してんのか？」

と、紳也がからかった。

「いけない？　私だって女なんですもの」

「そうですわ」

と、神津麻香が言った。「私、圭子さんて、とてもチャーミングな方だと思います」

「まあ、ありがとう」

圭子は嬉しそうに言った。

「そうですとも！」

と石津が力強く肯いた。「よく食べる人間に悪人はいません！」

ニャーオ、とホームズが一声鳴いて、みんながドッと沸いた。

「――片山さん」

圭子が言った。「さっきのご質問にお答えします。私、あのとき、ドイツへ来ていたんです」

「何の用で？」

「ここへ来るためです」

「というと？」

「私、英哉さんに会ったのは、――いえ、叔父さんに会ったのは、ずいぶん前のことなんです。なんてすてきな人だろう、って思いましたわ」

片山にも、その気持ちはなんとなく分かる。少女の目には、いわゆる「遊び人」が魅力的に映る一時期があるのだ。

「でも、もちろん私、ヨーロッパへ来るお金なんてないし……。叔父さんが結婚なさったという話を聞いて、どうしても会いたくなったんです。どんな方が奥様になったのか、どんなところで暮らしているのか、どうしても知りたくなったんです」

「じゃ、圭子、お前一人でドイツへ？」

と永江が驚いたように言った。

「ええ。黙っていてごめんなさい」

「そんなことはいいが……。金はどうした？」

「費用のこと？　自分で働いて稼《かせ》いだわ。半年かかって、七、八十万円も貯めたかしら。

それを使って来たの」

「私に一言言えば出してやったぞ」

「いやだったの。あれは私の旅だったんですもの」

「分かるわ」

と晴美が言った。

「それで、会ったの？」

と片山が訊く。

「いいえ、途中、ちょっと手間取って——なにしろ言葉も分からないでしょう、こんな、街道から外れたところ、さっぱり分からないのね」

「しかし、この城までは来たのかい？」

「ええ」

「じゃあ、あなた——」

と麻香がびっくりした様子で、「この城は初めてじゃなかったの？」

「城の前まで来たんです」

と圭子は言った。「でも——ちょうど、あの恐ろしい事件のあった日で……」

「つまり、智美さんが殺された日、ということね」

と晴美が身を乗り出す。

「ええ、そのときは、警察の車が来ていて……。何があったのか分かりませんでしたけど、ともかく、いったん引き返したんです。この近くの町の宿に泊まって、次の日、警察へ行き、話を聞きました。——ひどくショックを受けて、ともかく叔父さんのほうが、とても人に会う気にもなれないだろう、と思ったんです」

「それで、会わずに?」

「ええ。お金ももうなくなりかけていたし、一応、帰りの飛行機も予約してありました。キャンセルして別の日にしても良かったけど、叔父さんがきっと日本へ帰って来る、と思ったんです。それならそのときに会える、と……」

「しかし、実際は帰って来なかった」

「ええ。後になって、あのとき、何日か待ってでも、叔父さんに会っておけば良かったと思いました。私は、いつもそうなんです。あのとき、ああしておけば良かった。こう言えば良かった。——いつも、後悔ばっかりしています」

俺と同じだ、と片山は思った。しかし、たいていの人間は、そうやって生きているのではないか……。

「ごめんなさい、初めてだなんて嘘をついて」

と、圭子が片山へ頭を下げる。

「別に謝《あやま》ることはないよ。正直に話してくれて良かった」

「正直な人間は消化もいいです」

石津にかかると、何でも食べることと結びついてしまう。

「あの叔父さんが、奥さんを殺した人に、復讐するのは、私、当然だと思います」

と、圭子は言った。「別に私、人殺しをすすめるわけじゃないけど、許せない人、っていると思うんです。私がもし、愛している人を殺されたら、自分の手で犯人を殺してやると思いますわ」

問題は、果たして、そう事が単純なのかどうか、という点である。――英哉が行方不明になった。といって、彼が皆殺しを企《たくら》んでいると言えるだろうか？

英哉と話をした限りでは、彼は自分が殺されることを予期していたようにすら思えた。復讐の念はあるにせよ、剣を振り回し、血まみれになっている英哉の姿は、どうも想像しにくい。

――コーヒーになって、みんな一様に寛《くつろ》いで来た。

「ねえ、見て！」

晴美が、サロンの長椅子の間に立って、声を上げた。

「古い蓄音器！――動くのかしら？」

「どれどれ」

と、永江が席を立って、「私はその手の物に趣味がありましてね。――ほう。これは立派な物だ。ちゃんと動きますよ」

「レコードもあるわ」

「SP《エスピー》というやつだ。78回転のね。――〈春の声〉か。ヨハン・シュトラウスだ」

「かけてください」

「いいでしょう」

針が落ちると、ザーザーと雑音が出て来たが、やがて暖かい響きのウインナ・ワルツが流れて来る。――ひどい音ではあるが、奇妙に心の和《なご》む音楽を感じさせた。

「片山さん」

と圭子が言った。

「ん?」

「踊ってください」

「ぼ、僕は全然踊れないよ!」

「いいから!」

圭子にぐいと手を引っ張られると、片山は危うく転びそうになった。こうなると仕方ない。

「いいから私の真似をして。――ついて歩いててくれればいいんです」

圭子は、愉《たの》しげに微笑んでいる。片山も、自分が恥をかいて、この孤独な娘の心が慰められるのなら、我慢しようと思った。――どうせ俺は年中恥をかいているんだ！

「石津さん、踊りましょうよ」

晴美が石津の腕を取る。

「いや、どうも――」

「大きななりして、照れてちゃおかしいわよ。でも、足を踏まないでね」

かくて、刑事が、二人の若き女性に振り回されるという光景が現出した。

紳也が麻香を誘ったが、あっさり振られ、義母と踊り始める。

ホームズがトコトコと麻香の足下に行って、

「ニャン」

と鳴いた。

「どうしたの、猫ちゃん？――あなたも踊る？」

麻香はホームズをヒョイとかかえ上げると、「じゃ、行くわよ！――一、二、三！」

とステップを踏み始めた。

「ホームズ、やるじゃない！」

晴美が笑った。圭子も笑い声を立てた。

入って来た梶本が目を丸くして見ている。永江が梶本を見て、

「君も私と踊るかね？」

と訊いた。

「ご遠慮申し上げておきます」

と、梶本は丁重に断わった。

「――片山さんは、あの叔父さんに、どこか似てるわ」

と、踊りながら圭子は言った。

「そ、そうかい？」

片山は、圭子の足を踏まないようにするので必死である。

「もちろん、全然違うんだけど……優しさが、似てるんです。私、とても嬉しかった。あなたがあそこで私のことを――」

最初に、東京で全員が集まったときのことを言っているのだ。

「僕はただ――」

「分かってるの。本当にいい人の困るところって……誰にでも優しいってことなんですよね。だから、ときには、その親切を――ただの親切なんだけど――愛と取り違えることがあるの。それが分かるまでに、何度も泣かなきゃならないんだわ」

おそらく英哉のことを言っているのだろう。圭子は英哉を恋していた。英哉のほうは、ただ、不運な姪を、優しく扱っていただけなのだが……。

片山は、いつの間にか、廊下へ出ているのに気付いた。ともかく足下ばかり気にしているので、どこにいるのかもよく分からないのだ。

「ねえ、君、ここは――」

「いいでしょ」

圭子は足を止めた。自然、片山も足を止めることになる。

「私、美人じゃないし、太ってるし、頭も良くないけど……」

「そ、そんなことないさ」

「自分のことはよく知ってます」

圭子は微笑んだ。「でも、それを恥ずかしいと思うのが、いちばんいけないことなんだわ。私、ありのままに鏡を見つめられるの」

俺だってそうだ。だから幻想は抱かない。この娘にとって、俺は、あの英哉の代用品なのだ。

「戻ろうよ、中へ」

と片山が言った。

「ええ。でも三秒だけ待っててね」

圭子が、片山のほうへ背伸びして、キスした。ちょっと長いキスで――三秒を一・五秒ほどオーバーしていた。

部屋の中で、何やらドシンと倒れる音がして、晴美の笑い声が響いた。

「石津の奴だ」

片山には、考えるまでもなく、想像がついた……。

6

「じゃ、すっかり信じ込んでるんだな？」

と、紳也は言った。

「そうなのよ、こっちの思う壺だわ」

「親父ももうちょっと目のきく男かと思ったけどな」

紳也はベッドでタバコをふかしていた。

「女に関しては別でしょうね」

シャワーを浴びて紳也との情事のほてりと汗を流して来た有恵は、バスタオルを裸体に巻きつけながら言った。

「気の毒なのは北村だ」

と、紳也は笑って、「雇い主の女房を寝取ったと言われて死んじまっちゃね」

「死ねば同じよ。気の毒も何もないわ」

と有恵はベッドに腰をかけた。「私にも一本ちょうだい」

「ああ。火はそこだ」

「でも……どうして北村さんが否定しなかったのか、不思議だわ」

「実際、あんたに気があったのさ。だからギクッとしたんだ」

「そうかしら。――そうね。そうかもしれないわ」

「正直なんだよ。とぼけることができなかったわけだ」

「ますます気の毒ね」

と、およそ同情の感じられない声で、有恵は言った。

「ところで、親父は大丈夫なのかい？」

「睡眠薬を服《の》んで寝るのを、ちゃんと見届けたわ。大丈夫よ」

「それならいいけどな。――しかし、どうなっちまうんだろう？」

「何が？」

「何がって――決まってるじゃねえか。この城から、どうすりゃ出て行けるのか、ってことだよ」

「なんとかなるでしょ」

「あんたは楽天的だね」

「悲観的になっても、物事はうまく行かないわよ」

紳也は苦笑した。

「結構あんたみたいな女は長生きするぜ」

「でなきゃ困るわ。お金をうんと使わせてもらわなきゃね」

「叔父がもし親父を殺したら……」

と、紳也は独り言のように言った。

「何を言い出すの？」

「いや、もしもの話さ」

有恵は、紳也のほうへ顔を近づけた。

「そういう話って大好きなのよ」

「いいかい。ここでもし親父が殺されたら、誰が犯人だと思われる？」

「当然、叔父さんでしょうね」

「そうさ。まずほかの人間は疑われない」

有恵はまじまじと紳也の顔を見つめた。

「──あなた、実の父親を殺そうっていうの？」

「僕が？　とんでもない。ただ──誰かがやってくれるかもしれない、ってことさ」

「誰が？」

「たとえば──梶本」

「あの召使い？」

有恵が目を見張った。

「ありゃ、ただ者じゃないよ。きっと、何かやって逃げてるんだ」

「そうかもしれないわね。こんなところに引っ込んでるなんて」

「だから、話をもちかけてみるんだ。金をたんまり積んでさ」

「悪くないわ」

と有恵はタバコを灰皿に押し潰した。

「よく考えてみようよ」

「そうね。でも……それにはここに私たちが閉じこめられている間でないと」

「そこが問題だな。時間は限られている。明日にでも、梶本が一人になったところで、話をしてみるよ」

「いいわね。でも――もし断わられたら？」

「そのときは冗談だと言ってごまかすさ」

と紳也は肩をすくめた。

「親に似ず、悪知恵が働くのね」

「からかうなよ」

紳也はベッドから出て、ガウンをはおった。「さて、寝るかな」

「私も戻るわ。朝になってからじゃ、目を覚ますかもしれないものね」

有恵はバスタオルを投げ出すと、下着をつけて、ガウンをはおった。――午前三時になっている。

「送ってくれないの？」

「見られたら、どうするんだよ」

「分かってるわ。すぐ隣りの部屋ですものね」

有恵はちょっと紳也にキスした。「言ってみただけよ」

「おやすみ、母さん」

「おやすみなさい」

有恵は、廊下へ出てドアを閉めた。

ほの暗い廊下は、ゆるく風が抜けている。――本当に気味が悪いわ、と有恵は、ちょっと身震いした。

隣りのドアが、永江と有恵の寝室である。有恵は歩き出した。

突然、廊下の明かりが消えた。キャッと、短く声を上げる。風がヒューッと鳴って駆け抜けた。

手探りで、壁を伝って歩き出す。すぐ近くのはずだ。せいぜい五、六メートル……。

誰かに突き当たって、有恵は息をつめた。

「誰……誰なの？」

声が震えた。黒い人影が、わずかに闇の中に浮かび上がる。

有恵は肩をつかまれて後ろを向いた。そこを、ぐいと背後から腕が巻きつく。

「あ——」

声を出す間もない。首を強く腕に抱かれて呼吸が止まった。もう一方の手が、短剣を、有恵の腹に当てた。

有恵は、壁に向かってぐいと押しつけられた。短剣が壁に押されて、有恵の中へ食い込んで行く。——有恵はカッと目を見開いた。

短剣は、有恵の腹部を、有恵の夢を、切り裂いた。

ズルズルと、壁に沿って、有恵の体は滑り落ちた。——風が、その髪を乱しながら、廊下を走り抜けて行った……。


「なんとかしなきゃ！」

晴美の言葉に、片山はため息をついた。

「それは良く分かってるよ。しかし、どうしろっていうんだ？」

「じゃ、このまま放っとけって言うの？」

「そうは言ってない。しかし——」

廊下には、すでに有恵の死体はなかった。梶本が、空《あ》いた部屋へ運んで行ったのである。

しかし、壁と絨毯《じゅうたん》には、赤黒く血が跡を止《とど》めて、生々しい。

「――片山さん」

と、石津がやって来て声をかけた。

「どうだ、みんなは」

「ええ、なんとか落ち着いてるみたいです」

「そうか」

片山はいくらかホッとした。これで、ヒステリックにわめかれたのでは救われない。

「でも、不幸中の幸いでしたね」

と石津が肯きながら、言った。

「何がだ？」

「片山さんが、死体を見ても卒倒《そっとう》しなかったことです」

「大きなお世話だ！」

――もう十時を回っている。

今日も霧が出ていた。まるで、霧の壁に閉じこめられているようなものだ。

「おい、ホームズ、お前、何か考えはないのか？」

と、片山が頼りなげな口調で言うと、ホームズは、知らん顔で、ブルブルと頭を振る。

「ちぇっ、冷たい奴だ」

「ここはお兄さんが責任者になって、捜査を進める必要があるわ」

と晴美が腕組みをして、「ほかに誰もいないんだもの。仕方ないわよ」

「責任ってのはあんまり好きじゃないんだ」

「好き嫌いじゃないでしょ！」

「分かったよ。そうかみつくな」

「誰もかんじゃいないわよ」

「——しかし、これだけの出血だものな、犯人も返り血を浴びていると思うんだ。みんなの部屋を捜査させてもらおう」

「たいして面白くもないわね」

と、晴美は肩をすくめた。「でも、何もしないよりはまし、かもしれないわ」

片山たちは、広間へ入って行った。——永江が立ち上がって片山のほうへやって来る。

「永江さん、奥様のことはどうも——」

と片山が言いかけると、

「そんなことはいい」

と、永江が遮《さえぎ》った。「家内が死んだからといって、泣き叫んで見せるほど、私は役者じゃありませんからな。問題は、我々が生きのびることです」

「同感です」

片山は、一応、各人の部屋を調べさせてもらいたい、と説明した。

反対の声も、抗議のゼスチャーも出て来なかった。それが、かえって片山にはいやな感じである。

紳也は、ワインを飲んで、いい加減酔っている様子だった。由谷圭子は、やや青ざめて、固く口を閉じている。

そして神津麻香は、できるだけ事務的に振舞おうとするかのように、オフィスにいるような、やや取り澄《す》ました表情で、背筋を伸ばして座っていた。

「別に構わないようですね。では、みなさん、ここにいらしてください」

「石津さん、ここに残ればいいわ」

と晴美が言った。「私とお兄さんで、調べて来るから」

「分かりました」

石津は除《の》け者にされた子供という顔で、つまらなそうに肯いた。

——片山と晴美、それにホームズは、永江の部屋から捜査を始めた。

殺された有恵の荷物を引っくり返してみたが、片山の目には、これといった物はないように思えた。

「あんまり、いい物はないわ」

と、晴美が言った。

「おい、バーゲンをやってるわけじゃないぞ」

「分かってるわよ。でも、永江ほどの人の奥さんでしょ。もう少し高級品を持ってても良さそうなもんだわ。――ホームズ、どうしたの？」

ホームズが、ナイトテーブルの上にピョンと飛び乗って、ニャーオと鳴いた。

「引出しよ。開けてみて」

片山が、小さな引出しを開けると、四角い、ビロード貼りの小箱が出て来た。

「宝石箱ね」

晴美がたちまち目を輝かせてやって来る。

蓋《ふた》を開くと、ネックレスやブレスレット、イヤリングなどがきらめいた。――片山が、

「俺の――」

と言いかけて、やめた。

俺の月給の何カ月分だろう、と言いかけたのである。我ながら、少々みみっちい発想に思えた。

「素敵ねえ！　こんな物遺《のこ》して死ぬなんて」

晴美が紫色の大きな石を銀で飾ったペンダントを指の先にぶら下げて見た。

ホームズが前肢を出すと、それをサッと払った。

が欠ける。

晴美の手から、ペンダントが逃げて飛び出した。ガシャン、と音がして、鏡台のへり
「あ！」

「ホームズ、何するのよ！」

晴美が急いで駆けて行く。「だめじゃないの！　鏡が割れて――」

「ホームズも女だからな。お前が独り占めするのがいやだったんじゃないのか」

と片山が笑った。「――どうした？」

「見てよ、お兄さん」

晴美がかがみ込んで、言った。「ペンダントの石が砕《くだ》けてる」

「石が？――そんなに簡単に砕けちまうのか？」

「もちろん、違うわよ」

晴美は立ち上がって、「これはガラスよ。つまり――イミテーションだわ」

「じゃ、偽物か？　ほかのやつも？」

「そうなの、ホームズ？」

晴美の問いに、ホームズはニャン、と鳴いて答えた。

――永江は、呼ばれてやって来ると、宝石のことを説明されても、顔色一つ変えず、

「そうですか」

と、肯いた。

「ご存じだったんですか？」

「察しはついていました。有恵は金にはだらしのない女でしたからね」

「特に、何かに使うということは？」

「いろいろです。このところ、ギャンブルに凝《こ》っていたようですが」

「ギャンブルに……。奥さんの自由になるお金はどれくらいあったんです？」

「洋服代、宝石代などは、なにしろ店が顔馴染《なじ》みですから、いくらでも売ってくれる。宝石などは、それをどこかほかの店で売っていたんでしょうな」

「何もおっしゃらなかったんですか？」

と、晴美が訊く。

「そういう女性だということを承知で、結婚したのですから。まあ、必要経費、というところでしょう」

「はあ……」

片山は晴美の顔を見た。ちょっとしかめっつらをしている。

考えていることは分かる。いくら、出来の悪い妻だったといっても、殺されたのだ。もう少し、哀れんでやるくらいの気持ちがあっていいのではないか。

「永江さん」

と晴美が言った。

「何ですか？」

「どうして有恵さんと結婚なさったんですの？」

遠慮なくズバリと言うのが晴美のやり方である。しかし、かえって、これが効を奏することもあるのだ。永江は、ちょっとびっくりしたように晴美を見ていたが、やがて、軽く息をついた。

「いや、そう言われるのも無理はない。――お話ししてもいいでしょう。ここは外界《げかい》とは切り離された別世界だ」

永江はベッドのほうへ行って、はじに腰をおろした。

「――結婚などというものではなかったのですよ、私と有恵の間は」

「とおっしゃると？」

「脅迫《きょうはく》です。形式上結婚しなければ、私は社会的な地位を失うところだった……」

片山と晴美は顔を見合わせた。

「つまり――」

と片山は言った。「彼女があなたの秘密を握っていたというわけですか？」

「そういうことになります」

「それはどういう……」

「殺人です」

と、永江は言った。

片山は一瞬ギョッとした。永江はちょっと手を振って、

「いや、私が人を殺したというわけではありません」

「すると、誰のことですか？」

「私の妻です」

片山がちょっと戸惑《とまど》い顔になる。晴美のほうが先に気付いて、

「分かりました。前の奥さん――紳也さんのお母さんのことですね」

「そうです。名前は路代《みちよ》といいました。あの紳也からは想像もつかないかもしれないが、ともかく気の優しい、内気な女だったのです」

確かに想像できない、と片山は思った。

「路代は、家庭的な女でした。私がまだ経営者という立場にない間は良かったのです。ところが、私が多忙になり、人付き合いも多くなると、彼女にとって苦手な社交生活が始まったわけです。私は路代がどんなに苦しんでいるか、まるで気付かなかった……。路代自身も、表面上は、そういう仕事を楽しんでいるように振舞って、いっこうにグチを言わなかったのです。しかし……」

永江は、ゆっくりと首を振った。「年中、ヒステリーを起こしたり、グチをこぼして

いるほうが、まだ安全なのですよ。少しずつ吐《は》き出していれば、不満もそう爆発することはありません。しかし、じっと、長い間、押えに押えたものは、いつか、想像もできない形で爆発します」

「奥さんの場合は――」

「大事な取引先の首脳を何人か招いてのパーティの席でした。路代が、途中でふっと姿を消してしまいました。私も気にはなりましたが、ともかく大事な客を相手にしているので、中座するわけにはいきません。すると、その一月前《ひとつき》くらいから、家に来ていた手伝いの女が、青い顔でやって来て、私を呼ぶのです。『どうした』と訊くと、『奥様が――』と震えながら言うばかりでした」

片山は、ゆっくりと椅子にかけて、永江の話に耳を傾けていた。永江は、ちょっと間をあけて続けた。

「さすがに私も心配になって、その女の後について二階へ上がりました。――妻は寝室で……放心状態でした。床には、私の秘書の青年が、血まみれになって倒れていました」

「じゃ、奥さんが？」

と晴美が訊く。

「そうです。妻は返り血を浴びていて、床には肉切り包丁が血だらけになって、落ちていました」

「なぜ殺したのか、当人は言いましたか？」

と片山が訊いた。

「もう、とてもまともにしゃべれる状態ではありませんでした。ただ、床に倒れた秘書を指さして、『パーティが……パーティが……』と口走っているだけです」

「パーティが……」

「どうやら、こんな具合だったようです。その秘書は、いわばパーティ係といいますか、接待のお膳立《ぜんだ》てや進行が仕事でした。その晩も、細々としたことに気を配りながら、駆け回っていたのです。ところが、路代が急にひどい頭痛を訴えて、二階へ上がってしまいました。秘書としては、なんとか路代に戻ってもらわなくては、パーティがうまく行きません。そこで二階へ行ってみると、彼女は、一人で泣いていた。――秘書としては辛いところですが、なんとか我慢して、パーティに顔を出すように説得する。すると、妻は突然、秘書を刺したのです」

「すると包丁を持っていたわけですか」

と片山は言った。

「たぶん、路代は、死ぬつもりだったのではないかと思います。しかし、いざとなって実行できず、苦しんでるところへ、秘書がやって来る。――自分を苦しめている、パーティというもの全部への憎しみが、その秘書に集中した、とでも言うのでしょうか。秘書には気の毒なことをしました」

永江は軽く目を閉じた。

「でも、永江さん。それはどう見たって殺人事件ですね。警察へは届けられたんですか？」

「いいえ」

「というと……」

「妻は、いずれにしても、病院へ収容されることになったでしょう。しかし、病気のためとはいえ、妻が人を殺したとあっては、私の地位も未来もすべて失われてしまう。それを恐れて、私はこの件を闇に葬《ほうむ》ってしまったのです」

「いったいどうやったんですか」

と、片山が目を丸くして訊いた。

「まず、事件のことを知っていたのは、私と手伝いの女の二人きりだった。女はすっかり怯《おび》えていたので、脅しつけて黙らせるのは簡単でした。もちろん後で相応の礼はすると言いましたが」

「被害者のほうは？」

「私も悩みましたよ。――とてもいい青年だったのです。しかし、心を鬼にして、彼の両親に会い、彼が妻を襲おうとしたので、妻が彼を刺したのだと説明したのです。私のほうとしても、妻がノイローゼになっており、世間の好奇の目にさらしたくない。ここはおたがい、不名誉なことにならないよう、口をつぐんでいることにしよう、と申し入れました。――あちらは大変なショックだったようですが、結局、私の言葉に従いました。秘書の死は、事故だったということにして、私から彼の両親に、見舞金として一千万をおくりました。それですべては結着した――かに見えたのです」

しばらく、永江は黙り込んだ。

晴美がゆっくりと肯いて、

「その、事件を見ていたというお手伝いの女性が……有恵さんだったんですね」

「そうです」

永江は深々と息を吐き出した。「私としては、すべてかたがついたと思っていたのです。しかし、なまじ、彼女に少々の金を握らせたのがまずかった。落ち着いて来ると、あの女の生来のずる賢《がしこ》さが、顔を出して来て、私をゆすりにかかりました。いや、金をゆするというのではない。そんなことをすれば自分にも弱味ができますからね。有恵は、上流夫人のいでたちで、いきなり会社へやって来ました。私の『友人』というふれ込みでね。私としても、意表をつかれて、彼女を叩き出すことができなかったのです」

「そして、あなたの妻に、と――」

「路代は、一応離婚して、スイスの病院に入院させていました。ヨーロッパへ仕事でやって来ると、時々、見舞いに行ったものです。しかし、人知れず訪ねるというのは容易なことではありません。それに、路代も、回復する見込みはまったく立たないということで、次第に足が向かなくなっていました……」

「有恵さんは、それを知っていたんですか？」

「調べさせていたんじゃないかと思いますね。しかし、妻の座におさまってからは、私も諦《あきら》めていましたから、彼女のほうも気楽にやっていたようです」

片山は、ふと気付いて、

「その事件のあったとき、息子さんはどうしていたんですか」

と訊いた。

「紳也ですか。あれはアメリカに留学していたので、何も知りません。——母親は重病で治る見込みはない、と言ってありました。母親に似ず、何事にも冷淡な奴で、気にしていないようでしたよ」

果たしてそうだろうか、と片山は思った。

表面上は冷淡にしていても、ああいうタイプは、母親想いという傾向が強い。——片山とて、心理学者ではないから、そう自信はないのだけれど……。

「では、路代さんという方は、まだずっと病院に……」

「そのはずです」

と、永江は肯いた。

「しかし、弱りましたね」

と、片山はため息をつく。「あなたは、いろいろと罪に問われることになるんですよ」

「なに、作り話ですよ」

と永江が言った。

「え？」

片山が目を丸くする。

「つまり、改めて訊かれたら、作り話だとおっしゃるつもりなんですね」

と晴美が言った。

「そのとおり。もう、何の証拠も残っていません。妻がノイローゼで入院し、秘書の一人が事故で死んだ。それだけのことです」

片山は渋い顔で晴美を見た。晴美は、仕方ないじゃない、というように肩をすくめて見せた。

そりゃ、お前はそれで済むよ。だけど……。おい、ホームズ、お前はどう思う？

ホームズのほうを見ると、ヒョイと肩をすくめて——まさか！——いや、首をかしげて見せた。

畜生！　誰も彼も責任逃れをしやがって！　片山は八つ当たり気味に呟《つぶや》いた。

「じゃ、あなたとしては、有恵さんを憎んでいたわけですね」

と、片山は言ってやった。

「好きじゃありませんでしたよ」

と、永江は唇を軽く歪《ゆが》めて笑った。「しかし、今さらあの女を殺して、今の地位を失う気にはなれませんな。愛人を持つ気なら、いくらでも作れるし、それに、憎むほどの値打ちのある女でもありませんでしたよ」

そう言われると、片山としてもなんとも言えない。——晴美が言った。

「前の奥さんは、素敵な方だったんでしょうね」

「そうですね……」

永江は、ふと目を伏せた。「とても歌がうまくてね。——病院に入ってからも、よく歌っているようです。いい声をしていましてね」

永江は寂しげだった。「権力者の孤独」などという言葉が、ふと片山の頭をかすめる。

「そう。路代はあの歌が好きだったな。この前——大分前になりますが——病院に見舞ったときも、歌っていた。アイルランド民謡の、『夏のなごりのバラ』をね」

第三章　毒蛇《ドくへび》の昼寝《ひるネ》

1

「あそこになんとかして上《のぼ》るのよ」

と晴美は言った。

片山は情けない気分で、ベルクフリートを見上げていた。いったい、高さは何十メートルあるだろう？　その真ん中あたりにポッカリと開いていた入口だって、高さは居館の二階の窓よりよほど高いのである。

「階段もないのに、どうやって上るんだ？」

と片山はしかめっつらで言った。

「エスカレーターはありませんか」

と、石津が真顔で言った。

「冗談のつもりか?」

と、片山がにらむ。

少し、霧は晴れて来ていた。青空が顔を出し、陽光が中庭に射し込んで来る。

なんとなく、少し気が楽になった様子で、みんな中庭へ出て来た。

「運動時間の囚人みたいだな」

と、紳也が言って、大きく伸びをする。

「いやなことを言わないでください」

と、麻香が顔をしかめる。

永江は、両手を後ろに組んで、ゆっくりと歩いている。一人になりたい、という様子だった。——片山たちに話をしたせいで、前の妻のことを思い出しているのだろうか。

由谷圭子は、ホームズの前にしゃがみ込んで、何やら話しかけていた。

「——みんな、あんまり変わらないわね」

と晴美が言った。

「そうだな」

片山は肯いた。

「人が二人も死んだのに。たいして悲しんでる人もいないってのも、悲しいもんね」

妙な言い方だが、実感であった。

北村が死に、有恵が死んだ。しかし、誰もその死をたいして気にも止めていないようなのだ。

「――部屋を捜しても、何も出て来なかったし。行き詰《づ》まってるな」

と片山が言った。

「あら、いつだって行き詰まってるような顔してるじゃない」

片山が口をへの字に結んだ。

「いろいろ手がかりはあるわよ」

と、晴美は気にせずに続けた。「たとえば、有恵さんはなぜ廊下で殺されていたか」

「そうか」

片山は肯いた。「そう言えば妙だな」

「でしょう？　こんなときよ。夜中に一人で廊下へ出るというのは、まともじゃないわ」

「トイレだって部屋にあるわけだし……」

「何か理由があったのよ」

晴美は名探偵よろしく腕組みをした。「もう一つは、あの塔の人影よ」

「しかし――そこに、永江の別れた妻がいるっていうのは――」

「偶然じゃないわ。『夏のなごりのバラ』。白いドレスの女の姿……。私、ちゃんとこの目で見たんだから！」

「いや、それは信じるよ。ともかく、この塔へ上らなきゃ、無理かなあ、やっぱり」

「そう。なんとかして、ね」

「梯子《はしご》もないんだぞ。どうやって上る？」

「あったって上らないくせに」

「そうはっきり言うなよ」

「石津さんにやってもらえば？　ロープか何かをシュッと投げて」

「アクション映画の見過ぎだぞ。そううまく行くか」

「何か行き方があるような気がするのよ」

と晴美は言った。「そうよ！　だって、あの塔に誰かがいるとすれば、食事だってとってるわけでしょ」

「それもそうだな」

片山は肯いた。「つまり梶本の奴が、何か知ってるってわけだ。よし、締《し》め上げてやろう！」

「お兄さんじゃ、逆に締め上げられちゃうわよ。石津さんと一緒に行かなきゃ」

「もちろんだ」

なんなら石津一人で行かせて、自分はこの場で「待機」していても良かったのだが、さすがにそうは言えなかった。

「おい、石津、行くぞ」

と片山は促した。

「はあ。――晴美さんは行かないんですか？」

「遠足じゃないぞ」

心残りな様子で、石津は片山の後について居館の中へ入って行った。

晴美が、大きく深呼吸した。

「――いつかは出られるのかしら」

と、圭子が歩いて来て、言った。

「大丈夫よ。ホームズがついてるわ」

と晴美は言った。

兄がついている、と言わないところが、晴美の冷たいところである。

「怖いわ。なんだか、みんな二度とここから出られないような気がして……」

と圭子は言って、遠くを眺めた。

晴美は、圭子の、気弱そうな外見を、そのまま信用するわけにはいかない、と思った。

圭子が、永江英哉のことを慕っていたというのは、おそらく事実だろう。英哉が結婚したと聞いて、ここにやって来たのだ。

しかし、こういうタイプの女性は、一途《いちず》に思いつめることが多いものだ。そう簡単に、

「相手さえ幸福になれば……」

と諦め切れるだろうか？

むしろ、愛が憎しみに転じることもある。相手の女性――智美を殺してやりたい、とさえ思ったかもしれない。

そして、本当に殺さなかったとも言えない……。

少なくとも、働いてお金を貯め、ここまでやって来て、英哉に会いもせずに帰ったとは、晴美には信じられなかった。女として、そんな行動は、決してとらないに違いない、と晴美は思った。

「いやですね。早く帰りたいわ」

と、麻香がやって来て、晴美たちに加わった。

「あなたはお気の毒ね」

と、晴美が言った。「仕事とはいっても、こんなことに巻き込まれて」

「いいですわ。超過勤務手当を三倍請求しますから」

と、麻香は苦笑しながら言った。「――でも水が飲めて良いですわ、ここは」

「そうね。デュッセルドルフじゃ飲めなかったわ」

晴美は、あの、気の抜けたサイダーのようなミネラルウォーターを思い出してゾッと

した。よく、あんなものを飲んでるわ、ドイツの人って。

「こういう山の地帯は、水がおいしいんですよね」

と、麻香が言った。「ここもきっと井戸からくみ上げてるのね」

「あの井戸？」

と、晴美が、中庭の真ん中にある、古い石造りの井戸を見て、「まさか、あれはもう使っていないんでしょう？」

「どうかしら」

と、麻香は井戸のほうへ歩いて行った。

晴美と、圭子もついて行く。

「なんだか井戸って怖くて」

と、圭子が言った。「ほら、カラカサのお化けか何かが出て来そうで」

「まさか」

と晴美は笑った。

「お化け屋敷ね、まるで」

麻香が、井戸のへりをつかんで、下を覗《のぞ》き込む。「ほら、真っ暗で何も見えないわ……」

突然、何かが、底の闇から飛び出して来た。

「キャッ！」

麻香が悲鳴を上げる。体のバランスが崩れた。

「危ない！」

晴美が叫んだ。

「キャーッ！」

と、麻香の悲鳴が井戸の中へ吸い込まれる。

水をくみ上げる桶を吊り下げたロープにつかまったまま、落ちたのだ。滑車《かっしゃ》が激しく音をたてて回った。

ガクン、とロープが止まる。水音はしなかった。

晴美は、急いで井戸を覗き込んだ。バタバタという音が舞い上がって来る。あわてて顔を引っ込めると、キーッという鋭い声と共に、コウモリが二、三匹、飛び出して来た。

さっきのもこれだったのか。

「麻香さん！——聞こえてる？——返事をして！」

晴美が呼びかける。

永江と紳也も駆け寄って来た。

「麻香さん！」

もう一度晴美が呼ぶと、

「聞こえるわ」

と、穴の底から、麻香の声が、反響しながら返って来た。

「良かった――どう？　けがは？」

と、晴美は声を上げる。

「ええ、なんとか……。たいしたことないわ。少しすりむいたくらいで」

「今、引っ張り上げてあげる！　待っててね！」

晴美は圭子へ、「お願い、お兄さんたちを呼んで来てくれる？」

と言った。

「ええ、すぐに――」

圭子は走り出そうとして、「あ、戻って来ましたよ」

と声を上げた。

片山と石津が、ホームズを先頭に走って来る。

「おい、何かあったのか？　ホームズの奴が飛んで来てギャーギャーわめくから……」

「井戸に、麻香さんが落ちたのよ」

「なんだって？」

「早く引き上げて。石津さん、お願いするわよ」

「任せてください！」

頭を使わず、力さえ出せばいい、こういう仕事は石津向きである。片山も力を貸したが、ほとんど石津一人の力で、ロープはキリキリときしみながら、滑車を回し、多少時間はかかったが、麻香の姿が見えて来た。

「もう少しよ！　頑張って！」

と、晴美が声をかける。

すると、

「待って！」

と、麻香が下で叫んだ。「ちょっと、止めて！」

「どうしたの？　どこかに引っかかった？」

「そうじゃないの。——ここに、横穴があるんです」

と、麻香が言った。

「横穴？」

「ええ。かなり大きな。——なんだか、人が通れるように造ってあるみたい」

晴美は片山と顔を見合わせた。

「もしかすると、どこかへ通じる抜け道かもしれないわ」

「しかし、今は、そんなことより、彼女を早く引き上げないと——」

「待ってよ。だって、それがもし城の外へ通じているとしたら？　こういう古い城だもの、そういう通路があっても、不思議じゃないでしょう」

「じゃ、どうしようっていうんだ？」

片山はため息をついた。大体、言い出すことは、分かっている。

「私も下へ降りてみるわ」

まさに、片山の予想どおりだ。

「だめだ。どんな危険があるかも分からないのに、お前が一人でそんなところへ行くなんて、無茶苦茶だ！」

片山は、兄として威厳を示すべく、声を高くした。もっとも、高くし過ぎて、少々上ずったために、かえって効果は薄かったようである。

「あら」

晴美のほうはいっこうに動じる様子もなかった。

「誰も一人で行くなんて言ってないわ。当然、お兄さんと二人よ」

「俺と？」

「当然でしょ。お兄さんは、この場の責任者なんだから」

片山はぐっと詰まった。そう言われるとなんとも反論できない。しかし、この暗い穴の中へ降りて行くなんて、想像しただけで、足の先から、じわじわとむずがゆいような感覚が這《は》い上がって来る。

「いいわね？　じゃ、ともかく――」

と、晴美は穴の中へ、「麻香さん!」

と呼びかけた。

「今、私と兄が降りて行って調べてみるわ! あなたは上がって来てちょうだい!」

「でも——私も行きます!」

と、返事が返って来る。

まったく物好《ものず》きもいるもんだ、と片山は思った。

「この横穴のところで待ってますわ。降りて来てください」

「了解! すぐ行くわ!」

晴美は、石津のほうへ、「じゃ、石津さん、あとをお願いね」

「僕も行きましょうか?」

と、石津も気が気でない様子。

「やめろ。お前がこれを降りたら、誰が引き上げるんだ?」

片山は妹に言い負かされた悔しさを、石津のほうへぶっつけてやった。

「——OK。麻香さんが横穴へ移ったようよ。さ、いったん、桶を上げてくれる? あら、ホームズ」

ホームズが、ヒョイと晴美の肩に乗っかった。

「お前も行く? じゃ、心強いわ」

空《から》の桶が上がって来る。晴美はその中へ足を入れて、ロープにつかまった。

「さ、降ろして」

「気を付けてください」

石津が情けない顔で言った。「早く帰って来てくださいね」

まるで留守番の小学生だ。

晴美はホームズと共に、ゆっくりと、古井戸の中へと下降して行った。

じめじめした空気。プンと臭うのは、苔《こけ》か何かの臭いだろう。
七、八メートル降りたところで、
「ここです」

と、麻香の声がした。

「石津さん！　止めて！」

と晴美は叫んだ。

横穴のふちへ足をかけると、晴美は楽々と移ることができた。ホームズは桶を蹴《け》って、ヒラリと飛び移る。

「まあ、これは——」

晴美は目を見張った。

通路は、高さが一・五メートル近くあって、軽く頭を下げただけで楽に通れる。しかも、驚かされたのは、通路に明かりがあることだった。

「ね、おかしいでしょ？　私も、この明かりでびっくりしたんですの」

と、麻香が言った。

「電球じゃないの。――つまり、この通路をいつも使ってる、ってことだわ」

「でも、いったいどこへ通じているんでしょう？」

「それを調べに来たんじゃないの」

麻香が、フフ、と笑った。

「何がおかしいの？」

「いいえ。でも、晴美さん、本当に、冒険好きなんですね」

「まあね。なにしろ兄があのとおり頼りないでしょう。私が手伝ってあげないと、とっくにクビになってるのよ。そうなると、お嫁さんも来ないし、一生薄汚ない独身のままで終わる。私が結婚して、たまたま相手がお金持ちならいいけど、そうでないと兄はそのうち路頭《ろとう》に迷って、ついにはどこかの地下道で――」

「なんだか惨《みじ》めですね」

麻香は笑いをこらえながら言った。

「そうよ。私あっての兄なの。でも、それをよく分かってないのよね、あの人は」

ホームズが、ギャーオと鳴いた。「あ、ごめん、あんたのこと、忘れてたわけじゃないのよ」

「楽しそうでいいわ」

と、麻香は言った。「私も冒険って嫌いじゃないんですけどね。――でも、もう少し安全だと言うことないんだわ」

「あ、お兄さん、降りて来た。――ほら、こっちよ！」

「待ってくれ！　足がガクガクして――」

「しっかりしてよ。いやねえ」

「そんなこと言っても――俺は高所恐怖症なんだ！」

「ここは地下よ。低いところだわ」

「そんな理屈が――」

「いいから足を伸ばして。――そう。はい、飛んで」

「鳥じゃないぞ。そう簡単に飛べるか！」

文句を言いながら、片山はやっとこ、横穴の中へ転がり込んだ。

「――片山さん！　落ちませんでしたか！」

と、石津の声が頭の上から響いて来る。

「大丈夫よ、無事着いたわ」

と晴美が答えた。

「そうですか。ともかく晴美さんだけはご無事で――」

「あいつ、俺が落ちればいいと思ってるんだ!」

片山はむくれた。「――やあ、なんだか明るいな」

「出かけましょ。この先がどこへつながってるのか」

「東京駅の地下街にでも出てくれないかな」

「まさか」

ニャンと鳴いて、ホームズが歩き出す。ほかの三人も、あわてて、後について行った。

どう見ても、急ごしらえの通路ではない。きちんと石を積んで周囲を固めてある。しみ出した地下水が、ところどころに水たまりを作って、じめじめとしていたが、歩くのに苦労するほどではなかった。

「どこへ出るんだろう?」

「分かってりゃこんなことしてないわよ」

「そりゃまあ……しかし、クネクネ曲がってるから、どっちへ向かってるか見当がつかないよ」

方向音痴の片山としては、真っ直ぐの通路だって見当がつかないに違いないのだが、こういう道はかえって気が楽である。

「――階段だわ」

晴美が言った。

石の階段が、らせん状に、上へ昇っている。晴美が上を見上げて、

「大分上のほうまで続いてるわ。ともかく上ってみましょう。——明かりもあるみたい」

「少し休もう」

と片山は息をついた。

「何言ってんの！」

「分かったよ。上りますよ」

片山は追い立てられるように、先頭で上って行く。

「——なんだ。この辺は暗いぞ」

「仕方ないでしょ。ホテルの階段じゃないんだから」

「ああ、少し上のほうはまた明かりがある」

片山が足を早める。

——ホームズが、突然、

「ギャーッ」と鳴いて、片山の足にかみついた。

「痛い！——こら、何をするんだ！」

片山はドドッと尻もちをついた。「俺に何の恨みがあるんだ！」

「なんだか変よ。ライトないの？」

「あ、ああ。ペンシルライトなら」

「貸して。無精《ぶしよう》しないで点《つ》ければいいのよ」

小さな光が、暗い階段の先を照らした。

「――見て！」

晴美が言った。

片山の前、二、三段のところで、階段がスッポリと失くなっていた。一メートルほど、ポッカリ空間になっていて、その先はまた階段が続いている。

「――落とし穴なのよ。ほら、下はずっと見えないくらい深いわ」

片山は真っ青になった。

「じゃ、もう少しで……」

「ほら、上につかまる棒があるわ。それをつかんで、向こうへ渡るのよ。知らない人間がここで落ちるように、わざと暗くしてあるんだわ」

片山は顔の冷や汗を拭った。

「おい、ホームズ、日本へ帰ったら……アジの干物を十枚、買ってやるからな」

「命の恩人――恩猫に、ずいぶんケチなこと言ってるわね」

しかし、ホームズは、別に礼を期待していたわけではないようで、向こう側へヒラリと飛び移ると、早く来い、とでも言うように、ニャーオと鳴いた。

——階段はなお少し上がって、古びた重い木の扉に辿《たど》り着いた。

「これが開かなかったらどうする？」

と、片山が言った。

「そういうことを言うのは、押してみてからにしなさい」

「分かったよ」

片山がぐいと力を入れて押すと、扉はサッと開いて、片山は前のめりに転がりそうになった。

「どこだ？」

キョトンとして、片山は言った。

「部屋だわ」

晴美も、続いて入って来ると、言った。

実際、そこは、明るく、快適な部屋だった。かなりの広さがあり、ソファベッド、机、そして照明も、明るくシャンデリアが灯っている。

「誰かが住んでるんですね」

と、麻香もキョロキョロと部屋の中を見回している。

「でも、ここはいったいどこなのかしら？」

晴美は腰に手を当てて、部屋の中を見渡すと、「——見て、部屋は円形よ」

「うえ。かなり広いな」

「もしかして——」

晴美は眉を寄せると、「あの塔の中よ！　きっとそうだわ」

と手を打った。

「そうか、そうかもしれないな」

「ねえ、その奥に梯子がかかってるわ。行ってみましょう」

晴美は、上と下へ、真っ直ぐにかけられた梯子のところまでやって来た。二メートル角ほどの穴がポッカリと開いて、上の階と下の階へ通じている。

天井の穴の向こうは暗がりだが、床の穴から下を覗《のぞ》くと、石の冷たい床が、目に入った。

「下には外の光が入ってるようだぞ」

「降りてみてよ」

人づかいの荒い奴だ、まったく！

それでも、一階分梯子を降りるくらいはたいした手間ではない。よいしょ、よいしょ、と本人は大仕事のつもりで降りて行く。

「——ねえ、どう？」

と晴美が覗き込んで声をかけた。

「狭い部屋だ。何もない。出入口が一つ――わっ！」

片山が悲鳴を上げる。

「ど、どうしたの？」

「い、外だ！」

「え？」

「出入口の外は、外なんだ」

「当たり前でしょう！」

晴美が怒鳴った。

「いや――中庭を見下ろしてるんだ。やっぱりこれが例のベルクフリートの出入口なんだよ」

「じゃ、思ったとおりじゃないの。石津さんたちが見える？　手でも振ったら？」

「冗談じゃない！　何十メートルあると思ってるんだ？」

「オーバーねえ。じゃ上ってらっしゃいよ」

「待ってくれ。下を覗いちまったら、足が震えて――」

「まったく、もう！」

片山はやっとの思いで梯子を上って来た。

「じゃ、今度は上ね」

「お前行けよ。俺は疲れた」

「だらしないんだから、本当に」

晴美は梯子にヒョイと取りつくと、「じゃ、お先に。麻香さん、兄のことをみてやってね。よろしかったら、取って食べてくださっても」

「ええ、お任せください」

と麻香は微笑みながら肯いた。

「本当にね、いい年齢《とし》をして、だらしがないんですから――」

晴美は梯子を軽々と上って行く。

頭上の暗がりに、なんだか白いものが見えた。――何かしら？

白くて、なんだかところによって赤くて、ところによって黒っぽくて……。

赤いのはたて縞のようだ。黒いのはモジャモジャして……髪の毛のようで……。

目が慣れて、はっきりして来た。

顔だ。――頭からいく筋も血が流れ落ちた梶本の顔だった。

晴美は、梯子を降りて来た。

「なんだ、お前も震えてるじゃないか」

と片山が言った。「やっぱり血筋は争えないな」

「血の……筋よ」

「だから、そう言ったろ。血筋だって」

「そうじゃないって……。本当に血が——」

そのときになって、初めて晴美は手に何かが粘《ねば》っこくこびりついているのを感じた。

——血だ。

「おい、けがしたのか？」

片山が心配そうに訊く。

「生きてないと思うわ。頭を割られて、血が流れて——」

「お前の頭が？」

片山には、いっこうに分かっていないのだった……。

2

「ここに誰かが住んでいたのは確かだな」

片山は言った。

「しかし、困りましたね」

呼ばれてかけつけた石津が言った。「食事の仕度は誰がするんでしょう？」

「そんなことより、誰が梶本さんを殺したのかよ」

「例の白いドレスの女じゃないのか」

「そうかもしれないわね」

「つまり、永江の前の妻か？」

「ここにいたとすれば……」

「つまり、また発作を起こして、やったっていうのか？　そいつはどうかな」

「あら、どうして？」

「そんな危険のある人間を置いておくにしては、この部屋だって、あまりに当たり前じゃないか。もう少し鍵を厳重にするとか、何かしてありそうなもんだ」

「そうね。でも……」

晴美は少々ふくれて口をつぐんだ。お兄さんに言い負かされるなんて！

——ここは、梶本の死体があった、階上の部屋である。

下のようには飾りつけていないが、どうやら寝室として使われていたらしく、ゆったりとしたベッドや、タンスなどが置かれていた。

「死体さえなきゃ、快適な寝室ね」

と、晴美は言った。

「タンスの中を調べてみよう。おい、石津、手伝え」

「はい。中を荒らすんですね」

「人聞きの悪いことを言うな」

「待って。私が見るわ。女の引出しは、女が見たほうがよく分かるわよ」

晴美はタンスの引出しを次々に開いて行った。

「下着――ネグリジェ――シャツ――」

晴美はざっと見て、肩をすくめた。「たいしたことは分からないわね。要するに、女がここにいた、ということだけ」

「それなら俺だって分かる」

「あら、ホームズ、どうしたの？」

と晴美が言った。

ホームズがヒラリと飛んで、タンスの引出しの中へ頭を突っ込んだ。

「おいおい、何の真似だ？」

片山が笑いながら、「お前にゃ下着はいらないぜ」

ホームズは、積み重ねた下着の中へぐいと頭を突っ込むと、パッとその頭を振り上げた。下着がタンスから飛び出して床に散らばる。

「何をやってるの？」

晴美が目を丸くして、「下着の叩き売りでもやるつもり？」

ホームズは答えず、今度は、くわえては放り、くわえては投げ、たちまち床に下着の山を作ってしまった。

呆気《あっけ》に取られて見ている、片山たちを尻目に、ホームズは下へ降りて来ると、一枚一枚、下着をくわえては、表、裏、と何かを捜しているかのように、調べ始めた。そして、終わったものはポンと放り出す。

「お兄さん、ホームズに下着の行商《ぎょうしょう》でも仕込んだんじゃないの？」

と晴美が言った。

ホームズがニャーオと鳴いた。そして、一枚のシャツをトントンと前肢でつついた。

「そのシャツがどうしたの？」

晴美は拾い上げて、広げてみた。――別に血のしみもないようだ。

「どこといって、妙なところもないようだけどな」

と片山は首をひねった。

「片山さん」

と石津が言った。「恋人でもできたんですか？」

「どうして？」

「だって、下着に妙なところがない、ということが分かるということは、つまり妙でない下着を知っているからで、つまり――」

「馴《な》れない推理なんか振り回すな！　もう少しましなことに頭を使え」

「すみません」

石津はへへ、と笑ってその下着を取り上げた。

「へえ、この下着、バーゲン品ですか。たった九八〇円ですよ」

「お前のよりは高いだろ」

と片山が言った。「ともかく差し当たりは、この塔をもう少し探索《たんさく》して——」

「待って！」

晴美が言った。「石津さん、今、何て言った？」

「え？　あの——これがたった九八〇円だ、と……。いけませんでしたか？」

石津が恐る恐る訊く。

「どうしてそれが分かったの？」

「あの——値札がついていました」

「見せて」

晴美はその下着を手に取ってみた。——値段のシールが、半ばはがれかけてはいるが、半分ほど、残ったままになっている。そして、それは確かに〈¥980〉と読めた。

「どうしたんですか？」

と石津はピンと来ない様子で「九八〇〇円の間違いですか？　でも、そんなに高いわけが――」

「ねえ、どういうことだと思う？　この下着は日本で買ったのよ」

「妙な話だな」

「しかも、このとおり、シールが完全にはがれてもいない。――きっと、気付かないで、一度洗濯機にかけたんだわ」

「使われているように見せるためか」

「新品だってことを隠すためよ」

「同じことだ」

「つまり――この下着類は、実際には使われていなかったってことになるわ……」

片山はため息をついた。何が何だかさっぱり分からない。

どうしてこう、俺はわけの分からない事件にばっかり出くわすんだ？


ベルクフリートは、さらに、三階分の高さがあった。

部屋の造りになっているのは、下の二階分だけで、上の三階は、ただの空間に過ぎなかった。それぞれ、四角い穴から降りる梯子《はしご》を伝って上がらねばならない。

「階段ぐらい、造っときゃいいのに」

片山は、いちばん上に上《のぼ》って、汗を拭った。

「きっと予算がなかったんでしょう」

と石津が言った。

「いえ、敵が攻めて来ても、梯子を上げて、穴に石をはめ込んでしまえば、防げるでしょう。だからこういう造りになっているんです」

と神津麻香が説明した。

今、片山たちは、ベルクフリートの最上部にいる。ここはぐるりと窓が四囲に並び、そこからは、城へ上って来る山道も、中庭も、そしてほぼ城の全景をも見渡すことができた。

「この窓から、山道をやって来る敵を、攻撃することができたんです」

と麻香が言った。

「なるほど。——おい、ホームズ、何やってるんだ？」

いかにホームズといえども、梯子をよじ登って来るのは容易でない。そこで石津の肩にのっかって、やって来たのである。

災難だったのは、猫恐怖症の石津のほうで、万一落としでもしたら、晴美に一生口もきいてもらえなくなると思って、必死に「苦行《くぎょう》」に堪《た》えたのだった。

ホームズがストンと床に降り立ったときは、石津のほうは息も絶え絶えという有様《ありさま》。

ホームズは、晴美にかかえ上げられて、窓からの景観を楽しんでいるかのようだったが、やがて、それにも飽きたのか、床に座って、じっと目を閉じ、沈思黙考《ちんしもっこう》の体《てい》であった。

「きっと古《いにしえ》の暮らしに思いをはせてるのよ」

と、晴美が解説する。

いや、そうでもないらしい、と片山は思った。――ホームズは何か考えている。あれは、いつもの、ホームズの顔だ。何か、推理を働かせているときの……。

「私が、例の白いドレスの女を見たのは、この窓のあたりね」

と、晴美は言った。「ほら、居館のあのバルコニーが見下ろせるわ」

「すると、例の女は、この窓のところまで上って来て歌ってたというのか？　なんだかおかしいじゃないか。歌うだけなら、下の部屋だっていい」

「そうね」

と、晴美は肯いた。

「やあ、中庭がずいぶん下に見えますね」

と石津は妙なことに感激している。

霧が、相変わらず城を包んでいた。――それは、見方によっては、向かい壁のようでも、白い幕のようでもあって、あたかも、この殺人劇が終わるまでは、上がる気がないかに見えた。

——まったく、変なところへやって来たもんだ。

「あの白いドレスの女が、エッチラオッチラ梯子を上がってる姿なんて、想像できないものね」

と、晴美は自分で肯いている。

「なあ、晴美、一つ整理してみないか」

と、片山が言った。

「事件の問題点を？　賛成！」

と、たちまち晴美の目が輝く。

「その、やる気で、家の中も整理してくれよ」

「冗談言ってる場合？　家の中が整理してないからって、人が死ぬ？　事件の整理のほうが大切に決まってるじゃないの」

そう言われれば、反対はできないが——まあ、どうせここは日本のアパートじゃないのだから。

「私、ご遠慮しましょうか」

と、麻香が言った。

「そうお願いできる？」

「分かりましたわ」

麻香は、別に気を悪くした様子もなく、軽く微笑《ほほえ》むと、梯子を降りて行った。

「おい、晴美、別に彼女を降ろさなくたって——」

「このほうがいいのよ。いろいろなことを知れば、かえって彼女の身が危険になることだって、考えられるわ」

晴美はあっさりと片山を押し切って、「さ、始めましょ。石津さんも来て」

「はいはい」

刑事らしからぬ腰の軽さで、石津は飛んで来た。ポチ、とでも呼ばれた犬みたいである。

古く、すり減った厚い木の床、そして、石を積み上げた四方の壁。——すべてが、灰色で、年月の埃《ほこり》に、汚れていた。

中で何が起ころうと、すべてを、固く、固く、閉じこめてしまいそうな、厚い壁だ……。

ここで、本当に戦争があったのかしら、と片山は考えた。敵の頭上に矢の雨を降らせたり、剣と剣で渡り合ったり。——そんな時代に造られた床の上に、今、自分が立っているということが、どうにも信じられないのである。

いや、もしかしたら——と片山は思った。今、俺たちこそが闘っているのかもしれない。

片山とて男である。つまり、ロマンチストであるということだ。男は、たいてい、いくつになっても、剣を振り回して、か弱き美女を守るために戦うといった夢を忘れないものなのである。

片山も、ふと、自分が鎧《よろい》など身につけて、剣を片手に、華々しく立ち回りを演じているところを想像していた。

そう、まるでタイムマシンに乗って、中世のヨーロッパへ紛《まぎ》れ込んで来たような、そんな気分だ。——この殺人さえなければ。

片山は苦笑した。殺人、陰謀こそ、この世界にふさわしいのかもしれない。

なんだか——妙な言い方だが——片山は、いつもながらに、血なまぐさい事件にうんざりしながらも、心の片隅で、ほんのちょっぴりではあるが、この事態を楽しんでいる自分を見つけ出した。

塔に幽閉された白いドレスの美女、ちょっと怪奇なムードを漂わせた執事、隠された通路、風に乗って聞こえて来る女の歌声……。

こいつはまさにロマンの世界だ！

「——お兄さん、何をボケッと突っ立ってるのよ！」

晴美の現実的な声が、片山の夢のシャボン玉を、針でつつくように打ち壊した。

「また何か下《くだ》らないことを考えてたんでしょう」

「いや、今の顔は、食べ物のことを考えてたんですよ」

と、石津が口を挟《はさ》む。「大体、頬のあたりがひきつるときは、あそこのラーメンは旨《うま》かったな、とか考えてるときなんです。ペロッと舌が出るときは、ああ腹が減ったなと——」

「自分のことだろ、それは」

と片山がやり返す。「ま、いいや。ともかく分からないことだらけだ」

「最初から結論を出しちゃ仕方ないじゃないの」

「ともかく、三年前に、永江智美が死んだ。それだけは事実だろうな。そして永江英哉はそれが殺人だと信じていた」

「でも、それは英哉当人がそう言っただけよ。まるまる信じるわけにはいかないわ」

「しかし——まあ、それもそうか。だけど、この一連の事件、つまり、北村、有恵、梶本が殺されたという事件に、英哉の意志が働いていることははっきりしている」

「そう?」

「そうさ」

と片山は言った。「ともかく、我々をここに閉じこめられるのは、ここに住んでいる人間だけだろう」

「そうね。あの、跳ね橋を落とすように細工するのは、容易じゃないわ」

「つまり、英哉は初めから、みんなをここへ閉じこめて孤立させるつもりだった」

晴美は腕組みをして、

「でも……どうかしら」

と首をひねった。

「なんだ？」

「それじゃ、単純すぎない？　つまり……英哉の話が全部事実だとして、英哉が、妻を殺された仕返しに、関係者を皆殺しにしようとしていると……」

「それじゃまずいか？」

「単純すぎるわ」

「お前はすぐ複雑にしたがるんだ」

「そうじゃないわよ。でも、誰が犯人か分からないから、みんな殺しちまえなんて、あの英哉って人、そこまで狂ってるようには見えなかったわ」

「うん、まあ……それはそうだ」

「それに、皆殺しにするつもりだったとしたら、こんなにのんびりやってる？　時間がかかればかかるほど、誰かがこの城へやって来たり、ここから逃げられる可能性も出て来るわけでしょう？」

「そうか。——向こうはこの城を知り尽くしてるんだから、その気になれば簡単に——」

「皆殺しにできるはずよ。それをやらないというのは……」

「じゃ、犯人は英哉じゃないっていうのか？　それなら、英哉はどこに行ったんだ？」

「そこが問題よ」

「そこが問題です」

と石津も多少何か言わねば、と思った様子で、言った。

「英哉がどこかへ姿を消したのか、それとも連れ去られたのか——」

「なんだって？」

「なんですって？」

「真似するな！——つまり、英哉は誰かにやられた、と？」

「お兄さんだって、聞いたでしょう？　あの人は、自分がもし殺されたら、犯人を私たちの手で見付けてくれって言ってたわ」

「うん。しかし、あれはカムフラージュのつもりで言ったのかと思ってた」

「事実かもしれないわ。だって、智美さんを殺した犯人は、ここへ、相当の覚悟をして来たはずよ。つまり、殺すか、殺されるか、という気持ちでね」

「その犯人のほうが、先手を打った、と？」

「英哉——を、殺すか、それとも——それこそ、さっきの隠し階段の落とし穴じゃないけれど、ああいう穴の中へ落とされたり、堀の泥の中へ放り込まれたら、まず見付からないでしょう」

「しかし、それじゃなぜ殺人が起きたんだ？」

と言ってから、片山は、「そうか。——犯人がもともと北村や有恵を殺そうと思っていたとすれば……」

「そうよ。今こそチャンスだわ。殺したのは英哉だと思われる。——だから、英哉の身が心配なのよ」

「待てよ、すると梶本が殺されたのは？　それに白いドレスの女のほうはどうなる？」

「一度にいろいろ言わないでよ。だって、まず北村の死も偶然かもしれないわ。つまり、あのとき、北村が警察へ行かされることになると限らなかったわけでしょう」

「ほかの人間が、跳ね橋もろとも落ちる可能性もあったのか」

「そうよ。だから、はっきりとした意図で殺されたのは、有恵一人なんだわ」

「有恵か……。あの女はいろいろ恨《うら》まれていそうだな」

「まず永江にしても、充分に動機はあったわけよ。もちろん当人は、今さら殺す気はないと言っていたけど、自分が疑われないと分かっていれば、やったかもしれないわ」

「それはそうだな」

「それに息子の紳也。——有恵がどうやって永江の妻の座をつかんだか、知っていたのし、紳也としては、邪魔な存在だったには違いないわ」
「でしょう？　つまり、有恵は、夫の財産をごっそり受け継ぐことになっているわけだ
「母親がどうなったか気にもしないというのは、ちょっと信じられないな」
かもしれないわ」

ニャーゴとホームズが鳴いた。

「何かご意見でも？」

と片山が身をかがめる。

ホームズが右の前肢を出すと、床の上を動かした。

「何を書いてるんだ？——アルファベットのA？」

「そうじゃないみたいね」

と晴美が首をひねる。「猫語翻訳機ってのができないかしら」

石津が恐る恐る覗き込んで、

「あの……もしかして……」

「どうせ食い物のことだろう」

「はあ。でも……おむすびが食べたいんじゃないですか？」

ホームズがニャン、と声を上げた。やるじゃないか、という感じである。

「ええ？　本当におむすび？」

と晴美が目を丸くした。「がっかりさせるわねえ。——え？　違うの？」

「おむすび……。三角形か」

晴美が指をパチッと鳴らした。

「そうか！　三角形よ！」

石津も指を鳴らそうとして——スカッとこすれる音だけがした。

「三角形がどうした？」

「三角関係よ。——永江、有恵、そして紳也」

「まさか！」

片山は啞然《あぜん》として、「紳也と有恵は親子だぜ！」

「実の親子じゃないのよ。そうなって不思議じゃないわ」

「しかし……」

片山としては、想像したくないことである。

「それなら、なぜ有恵が廊下で殺されていたか分かるじゃないの。有恵は紳也の部屋へ行くところだったのか——いえ、たぶん戻るところだったんだわ」

「なるほど」

片山は腕を組んだ。「永江と有恵の部屋は紳也の部屋の隣りだな」

「だから、あんなときにも有恵は一人で廊下に出たんだわ。まさか隣りの部屋へ行く間に殺されるとは思わなかったんでしょう」

「確かに有恵は、紳也の部屋と自分の部屋の間で殺されてたな」

「これで一つ謎は解けたわけね」

「一つだけだ。それも犯人が分かったわけじゃない」

「紳也を問い詰めてみましょうよ。何かつかめるかもしれないわ」

「よし。そうするか」

片山は少しホッとした。やるべきことが決まっていると安心できる。

「でも、紳也が殺したとは限らないわね。それに――悪いけど、圭子さんも、容疑者から、外すわけにいかないわ」

「うん。それは俺にも分かる」

「有恵がグラスをぶつけたときの、圭子さんの様子は、ちょっとゾッとしたわ」

「いつもじっと我慢して来たんだ。ああいうタイプは、いつか爆発する」

と片山は言った。

「――しかし、梶本はなぜ殺されたんだろう？」

「それは分からないわよ。ともかく、梶本って人自体、まるで正体のつかめない人なんですもの」

「そうだなあ。どうもまともとは思えなかった。梶本って名前も、あてにならないし。

——日本にいりゃ、身許だって簡単に割り出せるのにな」

「そうね」

「部屋を調べないんですか？」

と石津が言った。

片山と晴美に同時に見られて、石津はどぎまぎしながら、

「あの——すみません、ちょっとした思いつきで——」

「そうだ。うっかりしてた！」

片山は、頭をポンと叩いて、「梶本の部屋だ！　誰かに荒らされているといけない。

——急いで行ってみよう！」

「石津さん、どうしてもっと早く言わないのよ！」

「すみません……」

石津は、なぜか小さくなって謝っているのだった……。

急いで——といったって、なにしろベルクフリートから、あの井戸へ通じる通路を抜けて、井戸の上へ上がらなくてはならないのだから、容易ではない。

まず片山たちは、梶本の殺された部屋まで降りた。

「疲れた。ちょっと休もう」

「何言ってんの！」

晴美に一喝《いっかつ》されて、片山は、

「分かったよ」

と、渋々言った。

「あら。――麻香さんはどこに行ったのかしら?」

「そう言えばそうだな。すぐ下の部屋にはいなかった。この下にいるんじゃないのか?」

「麻香さん!――麻香さん!」

と、晴美は、下の部屋を覗き込んで声をかけた。

「――変ね。いないみたい」

「もう、中庭へ戻ったのかな」

「それならそう言うんじゃない?」

「それもそうか……」

片山はいやな気分になった。まさか、また殺されている、とか……。

ホームズが上を向いて、ニャン、と鳴いた。

「――晴美さん」

天井の降り口から、麻香が顔を出している。

「まあ! どこにいたの?」

「近道を見付けたんです」

と、麻香は得意そうな笑顔を見せた。

3

「ほんの弾《はず》みだったんですよ、ほら——」

と麻香は言うと、壁にできた、石の凹みに手を入れた。

それはまったく自然に、古くなって、壁の一部が欠け落ちた、というように見えた。

だが、麻香が手を少し動かすと、シュッという微かな音と共に、石の壁が、ちょうどドア一枚分ほどの大きさに渡って、ポッカリと口を開いた。

「やあ、これは——」

片山は絶句した。

「ね、消えて失くなったみたいでしょ？　よく見ると、このところだけ壁が薄くなっていて、両側の厚い部分の溝の中へ吸い込まれているんです」

「みごとな仕掛けだな」

「自動ドアですか」

と、石津が言った。「僕の体重で開いたのかな」

「脳の重さでないことは確かだ」

と、片山は言った。「ところでここは——階段の途中らしいな」

「あそこだわ！」

と晴美が肯きながら、「ほら、私が例の仮面の男に追いかけられた階段よ」

「なるほど、それでその男が消えちまったのか。ということは、居館とベルクフリートは、この秘密の出入口でつながっていたんだ」

「この隠し扉の仕掛けは、きっと、最近造られたんですわ」

と、麻香が言った。「こんな出入口を造っておいて、見つかってしまったら、敵が攻め込んで来ますものね」

「そうでしょうね」

「すると永江英哉が？」

と晴美は言った。「ともかく、これで古井戸から出入りしなくて済んだわけね」

「助かったよ」

と片山は言った。「じゃ、この階段を降りて行こう」

「あら、あれは？」

と、麻香が言った。

らせん階段の下のほうから、女の、ほとんど叫ぶような声が聞こえて来た。

「やめて！　なんてことを——」

「圭子さんだわ」

と晴美が言った。「何かあったのよ」

「行こう！」

片山が声をかける前に、いいところを見せようと、石津が駆け出そうとしたが、その足下をホームズが駆け抜けたので、

「ワッ！」

と飛び上がって足を止めた。

片山がその背中に追突した。

「急に止まるな！」

「す、すみません」

「早く行ってよ！」

晴美が、背中をどやしつけた。

片山たちが階段を駆け降りて行くと、もう勝負は終わっていた。

階段の上がり口に、圭子が息を荒くして座り込んでいる。髪がめちゃくちゃになっていた。ホームズが、圭子の手の甲を、ペロペロとなめている。

「大丈夫？」

と、晴美が駆け寄る。

「ええ、なんとか……。ホームズが来てくれて助かりました」

「どうしたの？」

「紳也さんが……」

「紳也さん？」

「どうかしちゃったんじゃないかしら。――いきなり私に襲いかかって来て……」

「まあ！――で、どこに？」

「ホームズが来て、ギャーッて泣いたら、びっくりして逃げちゃいました」

「呆《あき》れたな」

片山は首を振った。いくら母親は違うといっても、血のつながりのある身ではないか。

「部屋へ戻ったのかな」

と、片山は言った。

「そうだと思います」

「けしからん！　とっちめてやりましょう」

と石津が言った。「夕飯を食わさない、というのがいちばんです」

常に自分を基準にして考えているのである。

「子供の罰じゃあるまいし」

と片山は言った。「よし、どうせ訊かなきゃならないこともある。先に紳也の部屋へ寄って行こう」

「あの……」

と圭子が不思議そうに、「片山さんたち今、どこから来たんですか？」

「壁からわいて来たのよ」

と晴美が言った。「ダニみたいにね」

「もうちょっとましなたとえはないのか？」

と片山は顔をしかめた。「ともかく、君は部屋へ戻ってたほうがいいよ」

「はい」

と、圭子が素直に肯いて、足早に歩いて行った。

晴美もあれくらい素直だといいんだけど、と片山は思った。


「荒れてるといけない」

と、片山は言った。「やけになると、ああいうタイプは何をするか分からないからな。石津、お前がドアをノックしろ」

何のことはない。要するにおっかないのである。

「それじゃ、開くと同時にぶん殴りましょうか」

「だめよ、そんなこと！」

「じゃ、愛想よく行きましょう」

石津はトントンとドアを叩いて、「失礼します。少々お話が――」

ドアがヒョイと開いた。石津がギョッとして、拳を固める。

「やあ、今、こっちから行こうと思ってたんですよ」

出て来た紳也は、いやに愛想がいい。片山たちは呆気に取られて、顔を見合わせた。これで、後に、

「実は僕が全部の事件の犯人なんですよ。今、自首しに行こうと思ってたんです。ハッハッハ」

とでも続けば、こんなに楽なことはないのだが、現実は、そううまくいかなかった。

「いや、そのネコ君のおかげで助かったな。どうもありがとう」

と言い出したのである。

「いえ、どういたしまして」

石津が頭を下げる。片山が石津をつついて、

「――ええと、いったい何があったのか、説明してもらいましょうか」

と言った。

「いや、びっくりしたよ。圭子の奴、どうしちまったんだろう？　いきなり僕につかみ

かかって来て――」

「圭子さんが？」

「そう。それで僕が突き飛ばしてやると、『何をするんだ』と大声でわめいて、その猫のおかげで、やっと逃げられました。いや、女のヒステリーってのは怖いや」

どうなってるんだ？　片山と晴美は、顔を見合わせた……。

「――僕が圭子を襲ったって？」

紳也は片山の話に目を丸くすると、「冗談じゃありませんよ」

と笑った。

「つまり、事実は逆だ、と？」

「もちろん。いくら僕でも、圭子を襲うほど悪趣味じゃありませんよ」

片山は、ムッとした。

「とぼけて切り抜けるつもりですか？」

「とぼけてるのは圭子のほうです」

「義理の母親と関係を持つのも、あまり趣味がいいとは言えないと思いますがね」

片山の言葉に、紳也の顔から、笑みが消えて失くなった。どうやら、そこまでとぼける度胸はなかったようだ。

「それは――」

「有恵さんは、あなたの部屋から自分の部屋へ戻る途中で殺された。そのとおりでしょう?」

紳也はしばらくしてから、ヒョイと肩をすくめた。

「まあね」

「どういうことなんです?」

「どうもこうもないよ。別にあいつとは血がつながってるわけでもないんだぜ」

と、口調もぞんざいに戻った。

「それにしたって、まともじゃないわ」

と晴美は言った。

「どうせ、うちはまともじゃないんだ。教えてやろうか。俺のお袋は人を殺してるんだぜ」

「それは――」

知ってる、と言いかけた片山を、晴美がけっとばした。

「なんですって? 話してください、ぜひ聞きたいわ」

「いいとも。だけど、お袋を逮捕して手柄にしようたって、そうはいかないよ」

紳也はもういつもの調子に戻っていた。

紳也の話は、ほぼ永江の話と一致していた。

「——その話を、どこから聞いたんですか？」

と晴美が訊く。

「親父がね、ヨーロッパへ行くたびに、やたらスイスへ寄るんだ。当人はそうは言わないんだけど、秘書の北村がそう言ってるのを聞いてね。何が理由なんだろうと思って調べてみた。——お袋がどこかに入院してるってことは聞いてたけど、全然意識も戻らないっていうんで、会いにも行かなかった。調べてみてスイスにいるってことが分かったんだ。——お袋の入院、親父の秘書が突然死んじまったこと。その時期がぴったりだった。あらかた、察しはつくさ」

「で、有恵さんが、そのときのことを——」

「知っていて、親父に食いついたのさ。もっとも、あいつはそんなこと言わなかった。でも、それしか考えられねえよ。およそ親父の趣味じゃないものな」

「有恵さんは殺される前、あなたの部屋にいたんでしょ？」

「そうさ。隣りの部屋へ戻るだけだもんな。まさかあんなことになるとは思わないよ」

「何か聞かなかったんですか？　悲鳴とか、物音とか——」

「何も」

と、紳也は首を振った。

「あまり悲しんでもいない様子ね」

晴美の言葉に、紳也は苦笑した。

「逆にこっちが殺されたとしても、あいつが泣いてくれたとは思えないものな」

なんとも気に食わない男だ。しかし、まさかここで引っかいてやるわけにもいかない。

「有恵さんとの仲を、みんな知ってたのかな？」

と、片山が言った。

「知らなかったはずだよ。もっとも、誰だって、知られてないと思って浮気してんだろうがね。――でも、俺たちは用心してたよ」

そういう点にかけては、抜け目のない男に違いない。

「でも、永江さんは？　有恵さんとは同じ寝室だったんでしょう？」

と晴美が訊く。

「ああ。でも、親父は睡眠薬を服《の》んで寝てたんだ。女房が部屋をこっそり出て行ったくらいじゃ、目をさましゃしないさ」

「睡眠薬を？」

片山は訊き返した。「誰がそう言ったんだ？」

「有恵が、さ。――ちゃんと服んで寝つくのを見届けて来てたんだ」

やはり、頭が切れるようで、どこか抜けている。ちゃんと服んで、といっても、それが単なるビタミン剤か何かだったら？　寝たふりをすることだって簡単だ。

「有恵さんを殺す動機があったのは？」

「いくらでも。――親父だって、あいつは目の上のコブだった。最近、親父には女ができたんだ。そうなると、有恵は邪魔だ。愛だの恋だの、縁のない女だけど、妻の座だけにはしっかりしがみついてたよ」

「そして、あなた」

「俺が？　どうして俺が……」

「そりゃあ、財産というものがあるからね」

「なるほど、それもそうか。――でも、残念ながら俺じゃないよ。俺だったら、あいつが財産を相続してから殺すよ」

いちいち頭に来る男だ、と片山は思った。しかし、言うことが嘘だと言い切ることもできない。

仕方なく、片山たちは紳也の部屋を出た。

「どう思う？」

と片山は言った。「圭子との話の食い違いは――」

「そうね。あの男も信用できないけど、でも圭子さんを、こんな昼間に、騒げば聞こえるようなところで襲ったりするかしら？」

「なるほど。どっちもどっちか」

「といって、圭子さんが紳也を襲う理由もないような気がするわね」

「おい、ホームズ、お前の考えは？」

片山は声をかけたが、ホームズはいっこうに気に止めていない様子で、さっさと歩いて行く。片山は肩をすくめた。

「ともかく、差し当たりは、梶本の部屋だ」

片山たちは、歩き出した。

「ところで、梶本の部屋ってどこだ？」

「知らないわ。お兄さん、知らないの？」

「知らないよ。おい、石津——」

訊くだけむだだと思ったのか、片山は口をつぐんだ。

「でも——それじゃ調べたらいいじゃないの！」

と晴美が言って、「お兄さん、責任者でしょ！」

と兄をにらんだ。

「なんでも俺のせいにするな」

片山は苦い顔で腕を組んだ。——確かに、梶本の部屋がどこなのか、訊いてみたこともなかった。

立ち往生している三人を眺めていたホームズが、ニャンと、鳴いて歩き出した。

うか？


「ホームズが知ってるらしいわ」

「そうか。さすがはホームズだ」

ホームズがため息をつくのが聞こえた——ような気がしたのは、晴美の錯覚だったろうか？

ホームズは食堂を抜け、調理場へ入って行った。

「なるほど、この奥なのか」

「わあ、凄《すご》い大きな鍋」

と、晴美は、壁に並んだ大小の鍋を眺めて声を上げた。

「片山さん」

石津が情けない声を出した。「今度から、食事は誰が作るんでしょう？」

「なんとかなるわよ」

晴美は慰めるように、「いざとなれば、ハムとパンと水だけでも」

石津にとって、そのセリフはおよそ慰めにならなかったようである。

「——ここか」

梶本の部屋は、調理場の奥にあった。

部屋といっても、寝起きするためのベッドと、簡単なタンスの類《たぐ》いしかない。

手分けして調べるほどの広さではなかった。

「こんなはずないわ」

と晴美は首を振った。「何か個人的な持ち物が——書類とか、そんなものがあるはずよ」

「うん。しかし、見当たらない」

「誰かが持って行ったのかもしれないわ」

「そうかなあ。しかし、棚なんか埃《ほこり》がうすくのってて、そのままになってるぞ。誰かが捜したのなら、何か跡があるはずだ」

ホームズが、部屋の中をグルグルと歩き回っている。——四方の壁沿いに、鼻を床へこすりつけるようにして歩いている。

「ホームズ、鼻をすりむくわよ」

と晴美は言った。

ただ一つの家具とも言える、古びた洋服ダンスの前で、ホームズはしばし考えている様子だったが、ニャンと鳴くと、壁とタンスのわずかな隙間に鼻を突っ込むようにして、また振り向いて鳴いた。

「何かあるらしいぞ。おい、石津、このタンスを前へ出してみろ」

「これをですか?」

石津が珍しく頼りなげに、「だって、えらく重そうですよ」

「しっかりしろよ。少し前に出せばいいんだから」

「でも——こんな物を動かすと、エネルギーを使います」

「分かってるわよ」

と、晴美が言った。「今度は私が食事を作ってあげるから」

「本当ですか！」

石津が目を輝かせた。「じゃ、やります！　このタンスをどかせばいいんですね？　なんなら放り投げてお手玉でもやりましょうか」

「現金な奴だ。ともかく少し前へ出せ」

「分かりました」

石津は両手の指をポキポキ鳴らすと、まるで大相撲でも取るみたいに、エイッとタンスにガップリ取り付いた。

ガタガタとタンスが揺れて——晴美が、

「危ない！」

と叫んだ。

タンスは前へ出て来なかった。いや、正確に言うと、上のほうが前に出て来たのである。従って、タンスは石津の上にのしかかって来た。

「わっ！」

石津が、びっくりするような素早さで、横へすり抜けた。

タンスが倒れて来た。ドン、という重々しい音と共に、タンスは床に突っ伏して（?）いた。

うっすらと埃が上がる。

「――ああびっくりした」

石津が目をパチクリさせながら立ち上がる。

「危なかったわね。これ、かなり重たいわ。石津さんだってけがしたかもよ」

「これは誰かの陰謀《いんぼう》です」

「お前を陰謀にかけてどうなるんだ?――おい、見ろよ」

片山が言った。「後ろの壁だ」

タンスに隠れていた壁の、積み上げた石の一つに、はっきり周囲との境に切れ目が入っている。

「この石、外れそうね」

よいしょ、と晴美が両手で引っ張ると、レンガ大の石ががりがりとこすれながら、引き出されて来た。

「僕がやります」

石津が気を取り直して、石を引き抜く。

あとに、ポッカリと穴が開いた。

「何か入ってるわ」

晴美が手を入れようとする。ホームズが、ギャーッと鳴いた。ホームズの体が床をけって宙を飛ぶ。

晴美の顔に向かって飛びついたから、晴美は仰天《ぎょうてん》して、

「キャッ！」

と悲鳴を上げて引っくり返った。

「おい！　大丈夫か？」

「ええ――なんとかね。どうしたの、ホームズ？」

「きっと何かあるんだ、穴の中に」

「危険なのね」

「おい、石津、台所から、何か棒を持って来て、中へ突っ込んでみろ」

「分かりました」

石津は、すぐに、パンをのばす棒を手に戻って来た。

「用心して、中へ突っ込んでみろ。――頭を低くして」

石津が腰をかがめ、手をのばして、棒の先を穴の中へのばして行く。――晴美たちが見守っていると、バタンと何かが弾《はじ》ける音がして、鋭い銀色の刃が穴から三十センチも

飛び出して来た。

「まあ――」

刃が、小刻《こきざ》みに震《ふる》える。

「これは――バネ仕掛けだ」

「私が穴を覗き込んだまま手を入れたら……」

あの鋭い刃が、頭を貫いていただろう。――さすがに晴美も青くなって、その場に座り込んでしまった。

4

その日の夕食は、いささか活気のないものだった。

なにしろ、梶本が死んで、料理を作る人間がいない。晴美と由谷圭子、それに神津麻香が三人がかりで苦心したが、なにしろ使い慣れない台所で、時間がかかったわりには、ハムやソーセージのオンパレードとなったのである。

しかし、石津は、晴美が作ってくれたとあれば、それだけで大感激である。

「ソーセージってこんなに旨《うま》いものだったんですね！」

などと言い出すので、さすがに晴美のほうが赤面してしまう。

由谷圭子と紳也は、「幻の暴行事件」のせいか、口もきかない。

麻香は、局外者として、口を出すわけにもいかず、黙々と食べている。——結局、石津一人が、「旨い」を連発しているというところだった。

「——寂しくなっちゃったな」

と、食事が終わったところで、紳也が言った。

「なあに、それ。料理に文句でもあるの?」

と、圭子が食ってかかる。

「違うよ。北村、お袋、梶本——三人もいなくなっちまったんだぜ、何かこう……」

「仕方あるまい」

と、永江が言った。「ともかく、こうなっては、なんとかして、この城から出る方法を考えるしかないんじゃないかね」

「そうだよ。刑事さんたち、二人も揃ってんだぜ。なんとかしろよ」

片山は頭をかいた。

「気持ちはよく分かります。こっちだって、できることならそうしたいですよ。しかし、あのとおり、堀は幅が広いし、橋になるような長さのある板は、どこにもありません」

「そこをなんとかするのが刑事だろ」

「と言われても……」

片山としては、精一杯やっているのだ。

文句を言われるのは、やや心外、というところだった。

「いい加減、下の町から、誰か来てもいい頃だと思うが」

「でも、食料は充分すぎるくらいありますわ」

と晴美が言った。「当分は補充の必要はないと思います」

「きっと、わざとそうしたんだな」

と、紳也が言った。

「誰が？」

と、圭子が言った。

「そりゃ――叔父さんさ。決まってるじゃないか。ほかに誰がいる？」

「叔父さんが犯人なら、どうして梶本さんまで殺すのよ」

「そんなこと簡単さ。梶本の奴、最初は叔父さんの手伝いをしてたが、そのうち、恐ろしくなったんだ。だから手を引こうとした。それで殺したんだ。ちゃんと筋が通るじゃないか」

「こじつけだわ」

と圭子が応じた。「そんなの、勝手な推測よ」

「フン」

と、紳也が鼻を鳴らした。「次はお前の番かもしれないぜ。遺言でも考えとけ」

「ご親切にどうも。残念ながら、私には遺《のこ》す物なんかないの。だから気が楽でいいわ」

「そうか。お前はせいぜい子供でも生んで残しとくんだな」

「犬の子じゃあるまいし」

「でも、ともかく――」

と麻香が、あわてて、取りなすように言った。「この城はとんでもなく大きいし、それに、あんな隠し部屋や、階段があちこちにあるんじゃ、いくら調べたって、とても調べ切れないでしょ」

「だから、どうなんだ？」

と、紳也が言った。

「ここは、みんなが用心して、早く部屋に入って、寝てるしかありませんわ」

「消極的だけど、仕方ないでしょうね」

と、晴美が言った。

「だけど、もし叔父さんが犯人でなかったら？」

と、圭子が言った。

「どういう意味だ？」

「私たちの中に、犯人がいたら、ってことよ」

——ちょっとした沈黙があった。

片山は、その沈黙に、どこかホッとしたような雰囲気を感じ取っていた。

沈黙にもいろいろある。——張りつめた沈黙、だらけた沈黙、そして戸惑った沈黙。

おそらく、圭子が言ったことは、みんな——といっても、永江と紳也、それに麻香の三人だが——薄々考えていたことだったのだろう。

「私は、むしろそのほうが気が楽だね」

と永江が言った。

「お父さん！　だって、そうなりゃ、僕か圭子が——」

「それとも私が、ということになるな」

永江は、いたって真面目な口調で言った。

「まさか、そんな……」

と、圭子は笑おうとしたが、それはこわばったものにしかならなかった。

「しかし、考えてみろ」

と永江は続けた。「死んだのは？　妻と、その愛人だ。犯人としていちばん可能性があるのは、夫じゃないか」

「馬鹿言わないでください」

と圭子は怒ったように言った。

「そうですわ」

と麻香が加わって、「みんながますます混乱してしまいます。それに——あの梶本さんという人だって殺されているんですもの」

「ああ、あの男ね」

と永江は肯いた。「不思議な男だな、あれは」

「部屋を調べましたが、何も出て来ませんでした」

と片山は言った。

「出て来たわよ。変なのが、ね」

晴美が注釈を加えた。——あのナイフが突き出て来る仕掛けは、やはりあの「武器庫」から持ち出された物のようだった。

片山は事情を説明して、

「あそこにある武器は、一応全部、僕と石津刑事の部屋へ移しました。——ちょっと遅すぎたような気もしますが」

「その仕掛けは、梶本さんが？」

と麻香が訊いた。

「いや、おそらく違うでしょう。あの穴には、梶本のことが分かる物が何か隠してあったと思います。誰かが、それを盗んで、代わりに、あの仕掛けをしておいたのでしょう」

「梶本か……」

紳也が、呟《つぶや》いて、「――ねえ、今思い付いたんだけど」

「さぞかし、すばらしい思い付きでしょうね」

と、圭子が皮肉った。

「お前は黙ってろ――ねえ、あいつを見てると、いつも何かに似てると思ってたんだ。それが今、分かった。『ノートルダムのせむし男』さ」

「ああ、映画で見たわ」

「あのせむし男の名前、憶えてるかい？　カジモドだぜ」

「カジモド――梶本か！」

永江が肯いた。「なるほど、どうやら、そこからつけた『芸名』のようだね」

「あいつ、いったい何者なんだ？」

と、紳也が言った。

誰も、もちろん答えなかった。


「ああ、食べすぎちゃった！」

夕食の後、圭子は息をついた。

「さぞ旨かったろうな。なにしろ自分が作ったんだから」

と紳也がからかう。

「ええ、そうよ！　なにしろ私はあなたほど高級料理店に出入りしていませんからね」

と圭子がやり返す。

「飲もう。——おい、ワインだ！」

「ご自分でどうぞ」

と、晴美が冷ややかに言った。

片山はまるでアルコールはだめである。広間の片隅の椅子に腰をおろして、紳也がワインを出して来るのを眺めていた。

「さあ、みんなで飲もうぜ！」

と、紳也はグラスを何個も出して来てテーブルに並べると、片っ端から満たして行った。

「紳也、どうしたっていうんだ？」

永江が呆《あき》れたように言った。

「分からない？　飲んで酔っ払ってさ、みんなで寝ちまうんだ。そうすりゃ安全じゃねえか」

「安全？」

「つまり、この中に犯人がいるっていうんだろ？　だったら、みんな一人残らず酔っ払えば、犯人だって酔っ払ってるわけだ。違うかい？」

それは確かに論理的だ。

「だから安心だっていうのか」

「そうさ！　犯人だって酔ってフラフラのときや、二日酔いで頭がガンガンしてるときに人を殺す気にはなれないだろうからね」

いかにも紳也らしい理屈だ、と片山は苦笑した。紳也はグラスをみんなに配って歩いている。

「さあ、飲んで、一滴も残さずにグッとあけるんだ。さあ！」

圭子は受け取ったとたんにヒョイとグラスを空にして、

「私、これぐらい飲んだって、酔っ払ったりしないわ」

と、ケロリとしている。

晴美も仕方なく、ゆっくりと飲み始める。麻香も渋々グラスに口をつけた。石津は──別に断わる理由もないと思ったのか、軽く一気に飲み干してしまった。

片山は青くなった。紳也がグラスを持ってやって来たからである。

「さあ、刑事さんの番だ！」

「いや、僕はだめだ！」

片山はあわてて、

「アルコールはからっきしなんだから」

「だめだよ、一人だけ別だなんて」

「僕は、ブランデーケーキでも酔っ払うくらいなんだから――」

「じゃ、これでもし殺人があったら、あんたが犯人ってことになるぜ」

片山は目をむいた。――無茶苦茶だ！

「さあ、一杯だけ！　死にゃしないよ、キューッと！」

グラスを押しつけられて片山はやけになった。たかがアルコールじゃないか。そうだ。ワインなんて、ブドウのジュースみたいなもんだ。それにちょっとアルコールが入ってるだけで……。

「あんた、この場の責任者だろ！」

「そりゃまあ――」

「じゃ、飲まなきゃ！」

変な理屈だとは思ったが、ここは飲まなきゃいけないという気になる。

分かったよ、なんだいこれぐらい。

片山がグラスを手にして、チラリとホームズのほうを盗み見ると、冷やかすような目で片山を眺めている。

そうだ、お前だって飲まなきゃやずるいじゃないか。

猫は別だって？　そんなのないぜ、いい場面ばっかり自分でさらっちまって。まあ、猫が酔っ払ってる姿ってのはあまり見かけない。マタタビはともかく、アルコールは、あまり好きではないのだろう。

俺だって好きじゃないぞ。しかし……。

「さあ、刑事さん！」

紳也にポンと背中を叩かれて、片山はぐっとグラスを傾けた。

それから後は——どうなったのか、よく分からない。

なんだか急に世界が明るくなったのである。血を見ると卒倒するというわけで、赤い色には弱いと思っていたのだが、なぜか目の前が真っ赤になって、まるで安物のキャバレーふう。

同時に、えらく気が大きくなった。矢でも、鉄砲でも持って来い！——というのはちょっと古いが、課長がなんだ！　殺人事件がなんだ、という気になった。

なんだか、えらく体が軽くなって、空でも飛べそうな気がした。ん？　俺はスーパーマンにでもなったのかな？　それとも天使になった？——縁起《えんぎ》でもないや！

それから、突然遊園地へやって来た。キンキラの照明がほうぼうで点滅する。

そして、いつしか、片山はメリーゴーランドに乗っていた。外の世界が、どんどん後ろへ流れて行く。——と、思うと、今度はジェットコースターだ。

頂上へ登りつめたと思うと、今度は一気に逆落《さかお》とし！　三六〇度宙返り！

そして、遊園地から、いきなり片山は暗黒の闇の中へと放り込まれた。

どうしたんだ？——ジェットコースターに乗るとき、ベルトでも締《し》め忘れたかな。

でも、それならどこかへ叩きつけられて、大けがしてるはずだが。別にどこも痛くない……。

いや、やはりどうやらどこかにぶつかったらしい。頭がガンガンと割れるように痛んだ。いや、これはきっともう割れちまったのに違いない。でなきゃ、こんなに痛むもんか。

しかし——割れてたら、痛みなんて感じるかしら？

こいつは難しい問題だぞ。

「——お兄さん！」

あれはどうやら晴美の声らしい。声が聞こえるってことは、きっとまだ生きてるんだ。いや、死んだからって、本当に声が聞こえないものかどうか、俺は死んだことがないから分からない。

とすると、死んでるということも考えられるわけだ。——課長の香典はいくらかな？ケチだからな、なにしろ。五千円ぐらいのもんだろう。

「お兄さんってば！」

揺さぶられて、片山はやっと目を開いた。

「ん？――どうした、ジェットコースターは？」

「何を言ってるのよ」

「香典はいくらだった？」

「寝ぼけるのもいい加減にして！」

「あ――痛いじゃないか。そう殴るなよ」

「殴ってないわよ」

「そうか……。どうなってるんだ？」

「もう夜中よ」

片山は、やっと周囲を見回す余裕ができた。

「おい、どこだ、ここ？」

「ベルクフリートの中じゃないの」

「ベルクフリート？」

片山は目をパチクリさせた。――そういえばあの、井戸の中の通路から通じている部屋らしい。

「なんで俺はここにいるんだ？」

「私にも説明不能。お兄さんが一杯飲んで引っくり返っちゃってからは、みんながワインをがぶ飲みして、大騒ぎになっちゃったのよ」

「大騒ぎに？」

「そう。みんな、この塔を見せろと言い出して、お兄さんが、『構うもんか』なんて言うもんだから」

「お、俺がそんなことを？」

「そうよ」

片山はため息をついた。

「で、今はみんな――」

晴美が黙って上を指さした。なんだかうるさい声が響いて来る。

「どこにいるんだ？」

「塔の天辺よ。臨時の舞踏会」

「やれやれ」

「どっちのセリフよ。まったく、お兄さんには呆れたわ」

「仕方ないじゃないか」

「何が仕方ないのよ。僕が酔っ払ったら、何か起こったときに困ります、って断われば良かったじゃないの」

「そうか。――お前だって、そう言ってくれりゃ良かったのに」

「まさかお兄さんが、本当に飲むなんて思わなかったのよ」

「しかし、あの場合——」

「もういいじゃないの。今のところ、誰も殺されちゃいないし……」

「俺が殺されるところだった。紳也の奴、殺人未遂で逮捕してやる！」

「無茶言わないの。飲むほうが悪いのよ」

「しかし……」

片山が、まだこだわっていると、

「あら！　やっと気がついたの？」

と、由谷圭子が、梯子を降りて来た。

「圭子さん、みんなは？」

「まだ上です。——片山さん、大丈夫？」

「いいや、もうだめ」

「しっかりして」

と、圭子は笑いながらやって来ると、「でも、私、こんなにアルコールに弱い人って初めて見たわ」

「いい勉強になっただろう」

「嘘みたい。でも良かったですね、命があって」

「おかげさまでね」

片山は、圭子を見て、なんとなく太ったような気がした。もともと太ってはいるが、さらに太ったような印象を受けた。──そうか、ベルトを外したので、ワンピースがフワリと広がっているのだ。

片山の目つきに気が付いたのか、圭子はちょっとワンピースを両手でつまんで見せて、

「どう？　太って見えるでしょう」

と言った。「でも、いいの。無理に腰をギュッと締めつけて苦しい思いをするよりは太って見られたほうが楽ですもの」

酔った勢いもあるのだろうが、圭子はなんだかいやに明るくなったように見えた。

「ね、片山さん」

「なんだい？」

「上に行きましょうよ」

「いや、僕は頭が──」

「大丈夫。塔の上のほうが、風があって頭がすっきりしますよ」

「しかし、大体高いところは──」

「いいから、早く！」

圭子に手を引っ張られて、片山は梯子《はしご》のほうへよろけながら歩いて行った。目は回る

し、頭は痛いし、

「やめてくれ！」

とは叫んだものの、圭子に逆らうほどの力もない。

「さ、梯子を上《のぼ》って！　私、下からお尻を押してあげますから」

「いや、いいよ。分かったよ、上るから」

片山はあわてて言った。

それにしても、二日酔い（というほど時間がたっていないが）の身で、ベルクフリートのいちばん上まで、五階分を梯子でよじ上るというのは、容易ではなかった。

かえって何がなんだか分からないので、なんとか辿《たど》り着いた、とも言えそうだ。

「やあ片山さん！　息を吹き返しましたね」

と、石津がやって来た。

片山は床に引っくり返って、息も絶え絶えの有様だった。

「ここは……天国か？」

「キャバレーと違いますよ」

と石津もいい加減、酔っているらしい。「親交を深めるべく、パーティを開いているんです」

「ん？」

片山は、周囲を見回した。「ここはいちばん上の物見台じゃないじゃないか」

「その一つ下です。みんな今、降りて来ますよ」

「パーティは終わったのか？」

「ええ。片山さん、もう一杯飲みますか？」

「俺を殺して晴美と結婚しようったって、そうはいかないぞ！」

当の晴美がヒョイと顔を出して、

「何、馬鹿なこと言ってるの。さあ、そろそろみんな部屋へ戻る時間よ」

「ここまで上らせといて、また降りろってのか」

片山が喚《わめ》いた。

「ニャーオ」

と頭の上でホームズの声。見上げると、梯子の上で、ホームズが呼んでいる。

「今行くわ」

晴美が声をかけて上って行く。片山はよろけつつ立ち上がった。

「どこへ行くんです？」

と石津が訊いた。

「上だ。せっかくここまで来て、降りられるか！　降りるくらいなら、上ってやる」

変な理屈だが、ともかく片山はあまり理屈を気にするタイプではない。

「あら、片山さん、ここでのびてたの」

と、下の階から、圭子がヒョイと頭を出した。

「なんだ、君か。遅いじゃないか」

「途中で休みながら来たの。なにしろ重いんですもの、仕方ないわ。降りるのは楽でも、上るのはね」

「上まで行くのかい?」

「ええ。お先にどうぞ」

片山は、必死の思いで梯子を上って行った。——上は、薄暗かった。

それはそうだろう。明かりがあるわけではないのだ。

誰が持って来たのか、あちこちに燭台《しょくだい》が置かれて、ローソクの火が、風に揺らいでいた。

「あら、片山さん」

と、麻香がやって来た。「大丈夫ですか?」

「なんとかね。——おっと!」

「気を付けて。空のワインのボトルが転がってるんです」

「なんだってまた、こんな……」

「分かりませんわ、さっぱり。勢い、ってもんじゃないかしら」

「やっと今、静かになったんです。そろそろ、引き上げようか、って雰囲気ですわ」

片山は、周囲を見回した。――物見の窓から、風が吹き抜けて、ふっと身震いするほどだ。

「勢い、ね……」

酔いをさまそうというのか、永江と紳也は窓辺に立っていた。

「やあ、刑事さん、どうだい、アルコールの味は」

と、紳也が笑いながら言った。

「味なんて記憶にないよ」

と片山は苦笑まじりに言った。

「昔の奴は、きっと体力があったんだろうなあ」

と紳也は言った。「こんな塔まで、年中よじ上ってるんじゃ、たちまちダウンだよ、こっちは」

「エレベーターもないしね」

と言ったのは圭子である。

「なんだ、お前もよく上って来たな。大丈夫なのか」

「あら、私のこと心配してくれるの」

「違うよ。梯子のほうを訊いたんだ」

「まあ、何よ、その言い方！」

と圭子は紳也の胸ぐらをつかんだ。

なにしろ、圭子のほうは力があるが、紳也はどちらかといえば軟弱なタイプだ。

「おい！　よせってば！　よせ！」

とアップアップ、酸素不足の金魚みたいに口をパクパクさせている。

「謝りなさい、こら！」

と、圭子は、紳也を壁へドシンと押し付けた。

「圭子さん、おやめなさいよ」

と、麻香が止めると、圭子は手を離して、

「するめみたいにのしてやってもいいのよ」

と、得意げに言った。

「まったく――この怪物め！」

と紳也が毒づいた。

しかし、アルコールが入っているせいなのか、本気で腹を立てているという様子ではなかった。

「――中世に逆戻りしたような気分ですな」

と永江が片山のほうへやって来て言った。

「落ち着いてますねえ、永江さんは」

「そんなことはありません。内心はびくびくものなんですよ。いつ矢や短剣が飛んで来るのかと思ってね」

「そうは思えませんが」

「そうですね。悲しいことですが、おそらくそうでしょう」

と、永江が肯く。「事業家というのは、顔色を変えない訓練ができています。どんなときでもあせった顔を見せれば、たちまち、誰からも見捨てられてしまいます。どんなに会社が危なくても、平然としていられなくてはいけないのです」

「そんなもんですか」

と片山は言った。

「正直なところ、こうしてこの城に閉じこめられて、命も狙われている――現に妻まで殺されているというのに、私が考えているのはほとんど仕事のことばかりですよ。今日はあの会議がある。明日はあの仕事の決済日だ、という具合にね」

「楽じゃありませんね、実業家というのも」

「はた目に見えるほどにはね」

と、永江は言った。

「弟さんが、事業をすべてあなたに任せて、遊んで暮らしていたことは、どう思っておられたんです？」

永江は、ちょっと動揺した様子で、片山から目をそらした。

「それは——人間、向き、不向きというものがありますからね」

永江は、細長い窓の一つの前に立って、暗い表を眺めた。

「それはどうも、額面どおりには受け取れませんが」

と片山は探るように言った。

「そうですか。いや——弟が、遊び人でいる間は、本当にそう思っていたんですよ」

「といいますと？」

永江は、ゆっくりと片山のほうを振り向いた。ローソクの微かな光に、永江の顔が、ほんのわずか、照らされている。

「正直に申しましょう」

と、永江は言った。「私が弟に腹を立てたのは、弟が結婚するというのを知ったときでした。いや、結婚そのものは、大いに賛成です。あのまま、ボヘミアンの暮らしをさせておくのは本意ではありませんでしたからね」

「なるほど」

「私が怒ったのは、弟が、結婚を機に、自分も少し会社をやってみたいから、一つ二つ、任せてくれと言い出したからです」

永江は首を振って、「企業というものは、放っておけばうまく行くというものではありません。危ないときには、必死で駆け回らなくてはならないし、破産を賭けて、一《イチ》か八《バチ》かの勝負をすることもあります。仕事のため、企業のためには、兄弟同様の古い社員を切り捨てなくてはならないことも……。弟には、まるでそんなことは分かっていない。ゲームか何かをやるようなつもりです。子供がオモチャを欲しがるように、会社をくれと言って来たのです」

片山にも永江の気持ちはなんとなく理解できた。

「それを弟さんにおっしゃったんですか」

「言うつもりでした。しかし、その前に、あの事件が起こり……」

と永江は少し声を低くした。

「智美さんが死んだこと、ですね」

「そうです。それで弟は、もう会社を経営しようなどという気を失くしてしまいました」

つまり、永江にも、智美を殺す動機はあったわけだ、と片山は思った。

いくら腹を立てても、弟を殺すことはできなかったろう。だが、弟の英哉が、智美に夢中だと知って、彼女が死ねば、弟がまた元の生活に戻ると期待したかもしれない……。

もちろん、永江としては、弟に会社を任せる義務はない。断わればそれで済むこと、とも言える。人殺しまでする必要は、なかった。

だが、もし、英哉が何か兄の弱味を握っていたら？

そう。――たとえば、兄の前妻の秘密。いつもヨーロッパにいた英哉には、兄の前の妻がスイスの病院に入っていることを知るチャンスもあったかもしれない。

もし、会社を任せてくれないのなら、その秘密を暴《あば》く、とでも言えば？――これは充分に殺人の動機になる。

もちろん、これはただの推測で、何の証拠もない話だが。

「弟を、私は羨ましいと思っていましたよ」

と、永江は言った。「私自身、あんな生き方に憧《あこが》れたこともある。いや――」

と首を振って、

「今なお憧れている、と言ってもいいでしょう。しかし、私には責任というものがあります」

もしかすると、この兄のほうが、英哉よりもずっとロマンチストなのかもしれない、と片山は思った。

ドーンと、大太鼓のような響きが、大気を震わせた。

「雷だわ」

と、麻香が言った。「一雨来るのかしら」

そう言い終わらないうちに、風が強くなった。ローソクの灯が次々に消える。

「下に降りましょう」

と片山は言った。「石津！　下の明かりを梯子のところへ持って来い！」

雨が降り始めた。風に乗って、物見の窓から横なぐりに降り込んで来る。

「こりゃたまらん」

と永江が首をすぼめる。「さあ、早く、降りて！」

圭子、麻香が降りる。続いて晴美。そして、永江が降りた。

片山はホームズを腕に抱いて、紳也へ、声をかけた。

「降りないのか！」

「いいじゃない、この感じ。いかにも古城の雰囲気だ」

「風邪ひくぞ」

と片山は言って、梯子を降りた。

一階下で、みんな待っていた。燭台の明かりが、ここは風が入らないので、ほの暗いながらも、役に立っている。

「濡れた人は？」

「大丈夫。――圭子さん、あなたは？」

「平気です。ちょっとだけ」

ズズン、と腹の底に響くような雷鳴が轟《とどろ》いた。――嵐が唸《うな》っている。

バシッと、どこかの木にでも落雷したらしい、鋭い音がした。

「――紳也は?」

と永江が言った。

「上にいましたが」

「まだ上にいるのか。――呆れた奴だ!」

「私が引きずり降ろして来てあげます」

と圭子が言うと梯子のほうへ歩き出した。

「おい、君も濡れちまうぜ」

と片山が圭子の背中へ声をかけた。

圭子は梯子の下まで行って足を止め、上を見ると、

「降りて来ましたよ! さすがにいくら鈍感な人でも――」

梯子に、紳也の足が見えた。一段、一段、なんとなく落ちるように降りて来る。

圭子が、短く声を上げ、そのまま二、三歩後ずさった。

「どうした?」

片山は、圭子の肩越しに向こうを見て、愕然《がくぜん》とした。

紳也が、梯子から降り立って、こっちを向いて立っている。しかし――その目は、大

きく見開かれ、そして何も見ていなかった。

紳也の胸に、深々と一本の矢が、突き刺さっていた。

誰もが、凍りついたように動かなかった。動いたのは——紳也当人だった。

よろけるように、二歩、三歩、進んで来ると、圭子へ抱きつくように倒れかかった。

これが片山へ抱きついていたら、片山のほうも卒倒していたろう。

圭子は、「死の抱擁」に、悲鳴を上げた。

片山は、紳也が断末魔《だんまつま》の苦悶に目をさらに大きく見開き、震える手をゆっくりと差し出すのを見た。——その手が、パタリと落ちる。

圭子は悲鳴を上げながら、よろけて、尻もちをついた。紳也がその上に覆いかぶさるように倒れる。

片山はやっと我に返った。石津と一緒に駆けつける。

「やめて——どいてよ！——あっちへ行って！」

圭子が夢中で叫びながら手を振り回す。石津が、やっと紳也の死体をわきへよけてやった。

片山はゴクリと唾を飲んだ。矢は、紳也の背中まで完全に貫き通していた。

雷鳴が再び大気を震わせた。——しかし、嵐は少しずつ遠ざかりつつあるようだった。

次第に嵐の叫びが静まるにつれ、圭子の泣き声が、甲高《かんだか》く、片山の耳を打った……。

第四章　裏切《うらぎり》の梯子《はしコ》

1

皮肉な晴天だった。

別に、天気に恨みがあるわけではなかったが、片山としては、つい、そう言いたくもなる。

「この窓だぞ」

と片山は拳を振り回した。

「分かってるわよ」

と晴美が言った。

「この窓だ。――どうやって矢で胸を射抜ける？　神業《かみわざ》だよ」

「だって、現実にそうなんだもの、仕方ないじゃない」

「そりゃそうだけど……」

片山は、ベルクフリートの物見の窓から、外を眺めた。——居館の屋根が見下ろせる。中庭も。そして外の山道も。

だが、そのどこから、紳也を狙って、犯人は矢を放ったのだろう？

「あのバルコニーよ」

と晴美は言った。「それしか考えられないわ」

晴美が、あの謎の死刑執行人に追いつめられた小さなバルコニーである。

「確かに、そりゃそうだろうさ。しかし、容易なことじゃないぜ。よっぽどの弓の名手でなきゃ」

見下ろしていると、石津の姿がバルコニーに現われた。

「片山さん！　見えますか！」

「ああ、ここだ」

「ここまで上って来ると腹が減りますね！」

晴美が吹き出した。

「石津さんは変わらないわね」

「幸せな奴だ」

と片山は苦笑した。

「でも、片山さん！」

と石津が怒鳴っている。「ここからじゃ、狙うのは大変ですよ！　窓の幅が狭いから、よく見えません！」

それはそうだろう、と片山は肯いた。そんなに広い窓で、下から楽に狙えるのでは、城の用をなさない。

「どうなってるんだ？　あの英哉ってのは、弓の名手なのか？」

「知らないわよ、そんなこと」

晴美は肩をすくめる。「ホームズ、どう思う？」

ホームズは、ゆっくりと部屋の中を歩き回っている。散歩、というわけではなさそうである。

「――畜生！」

片山はドサッと床に座り込んだ。「どうして、こう変な事件ばっかり起こるんだ？」

「私に当たったって仕方ないでしょ」

「あの嵐だぞ。風と雨だ。――あんなときに下のバルコニーから、この塔の窓に立っている人間を狙って矢を射たって、当たると思うか？」

「たまたま当たったってこともあるわ」

と、晴美は言った。

「宝くじじゃないぞ」

「そうね。それにたまたま当たったくらいなら、完全に胸を射抜かれるなんてはずはないわ」

「そうだろう？　すると犯人はかなり近い距離から、紳也を狙ったと考えられる」

「空中を飛んで来たんじゃない？」

片山は窓から外を眺めた。――まったくだ。

そうでも考えないと、説明がつかない。

「でも、待ってよ」

と晴美は腕組みをしながら、「矢だからって、弓を使って飛ばすものとは限らないでしょ」

「そりゃ分かってる。手でつかんで、短剣のように矢を刺したっていい。しかし、それには犯人が被害者のそばにいなきゃ」

「そこなのよね」

晴美は考え込んだ。「あのとき、ここに残っていたのは紳也だけだった。――間違いないわね？」

「ああ、確かだ」

「じゃ、あの暗さの中だわ。誰かが、降りて行くときに、紳也を刺したんじゃないのかしら」

「それはだめだ。紳也の前に降りたのは俺だぞ。そのとき、俺は紳也に声をかけたんだ。ちゃんと返事をした」

「おかしな様子じゃなかった？」

「そんな気配はまるでなかったよ」

「そう……」

片山は立ち上がって、伸びをした。

「あーあ、目が覚めて、すべては夢だった、ってことにならないかな」

「刑事のくせに情けないこと言わないでよ」

「言いたくもなるよ。──あいつ、自殺したんじゃないかな」

「それは一案ね。でも、理由は？」

「知るか」

ひどい刑事である。

「自殺するったって、あんなに背中まで突き通るほどの力で刺せる？　無理だと思うわ」

片山は、ぐるりと中を見回した。

「──なあ、晴美」

「なあに？」

「もしかしたら、何かの仕掛けじゃないのか」

晴美が手を打った。

「そうよ！　あの短剣の仕掛けみたいに、何かバネ仕掛けで矢が飛び出して来る——」

「それだ！　きっとここに何かそういう仕掛けが隠してあるんだ」

「それしか考えられないわ。紳也は知らずにその仕掛けに手を触れてやられたのよ！」

晴美は目を輝かせていた。年頃の娘が目を輝かせるには、少々色気がない。

「じゃ、早速、ここを隅々まで調べてみましょうよ」

と、晴美は張り切っている。

「だけど、ちょっと待てよ」

「どうしたの？」

「つまり——仕掛けが一つとは限らない。まだどこかに隠れてるかもしれない」

「ということは……」

「調べている最中にグサッと——」

「ブスッと——」

二人は顔を見合わせると、急いで窓のほうへ歩いて行った。

「おーい石津！　ここへ上って来い！」

「石津さん、お願いがあるの！　こっちへ来て！」

バルコニーの石津はにこやかに手を振って答えた……。


「こ、これを着るんですか？」

石津が目をパチクリさせて言った。

「そうさ。これを着てれば、矢が飛んで来ようが、剣が落ちて来ようが大丈夫だ」

「大砲の弾丸は無理でしょうけどね」

と晴美が口を挟む。

「あんなところに大砲があるか！」

と、片山がにらんだ。

石津は、ちょっと情けない顔で、目の前の「人物」を見つめた。

いや、それは人間ではない。——全身をすっぽりと覆いつくす、中世の鎧《よろい》だった。

「ね、これなら、手も足も全部隠れるわ」

「そうさ。これなら絶対に安心だ」

と片山は保証した。

「じゃ、どうして片山さんがやらないんです？」

石津の論理的な質問に、一瞬、片山はひるんだが、そこはすかさず晴美が進み出て、

「こんな勇気のいる仕事は石津さんにしかできないのよ。ね、お兄さんは臆病だから」

片山は聞こえないふりをしていた。なんと言われようと、死ぬよりはいい！

「分かりました」

石津は悲壮な顔で肯いた。「晴美さんにそう言っていただければ、たとえこの命が失くなっても……」

「じゃ、早く、この鎧をつけて。――あ、待って！　これをつけて梯子なんて上れないわね。じゃ、まずこれを上に運んで、それから、身につけるしかないわ。手伝ってあげる」

かくて、三人がかりで、ベルクフリートのいちばん上へ、バラバラにした鎧を運び上げ、それから、片山と晴美が鎧を石津につけさせることになった。

「――これでいいわ！」

「あつらえたみたいにピッタリじゃないか。なあ、晴美？」

「本当よ。よく似合うわ」

「そうですか」

石津のほうもすぐ乗せられる性質なので、ニヤニヤしている。「じゃ、腰に剣を下げてないとさまになりませんね」

「それは動きにくくなるからやめろ。――いいか。この部屋のどこかに仕掛けが隠れているに違いない。石の一つ一つ、柱の隅々まで、よく調べてくれ」

「任せてください」

「でも、充分に注意してね」

と晴美は言った。

「何かそれらしいものを見付けたら、知らせてくれ」

「私たち、この下にいるから」

「分かりました。ご心配なく」

石津は、そのスタイルが満更《まんざら》でもない様子で、エイッ、ヤッと腕を振り回したりしている。金具の接《つ》ぎ目がガチャガチャと鳴った。

片山と晴美は、下の階へ降りた。ホームズが座って待っている。

床には、昨日の血溜りが、乾いて赤黒くなっていた。

「これでうまく見付かればいいけど」

と晴美が言った。

「そうだな」

片山が肯く。――頭の上で、ドシン、ガチャンと凄い音がした。石津が転んだらしい。

「あんまり期待しないほうがいいかもしれないぞ」

と、片山は言った。

――その後は、しばしガチャン、ガチャンという石津の足音が響いていた。ドン、ドンと柱を叩く音、壁を蹴飛《けと》ばす音。

「――これでとうとう残り三人よ」

と晴美が言った。「永江さんと圭子さん、それに麻香さん」

「うん、分かってるよ」

と片山は沈んだ顔で肯いた。

「護衛役で来たのに、あんまり役に立たなかったわね」

「気にしてることを言うなよ」

「あら、やっぱり気になる？」

晴美は、ごく自然に皮肉を言った。

「しかし、これでやっぱり英哉が犯人だってことになるな」

「そうね。もし何か仕掛けがあるとしても、英哉以外の人に、そんな面倒なことはできなかっただろうし……」

「しかし、どこにいるんだ？――まったくもうお手上げだよ」

と片山はため息をついた。

「やっぱりここを出て行くことを考えなくちゃ」

晴美は言って、「――ねえ、今日はいいお天気よ」

「だからなんだ？　ハイキングにでも行くか」

「煙よ！　何かを燃やすの。中庭で燃やせば火事になることもないだろうし、誰かが見付けて、やって来てくれるかもしれないわ」

「そうかなあ。大体ここは暖炉を使ってるんだぜ。少々の煙なんか、不思議とも思わないさ。それに、この城は、下から見えるところにあるわけじゃない」

「そりゃそうだけど……」

晴美は不機嫌そうに腕を組んで、「じゃ、何かほかのアイデアを考えなさいよ！」

「だから考えてるじゃないか。――おい、ホームズ、お前も何か考えろ」

ホームズは、なんとも言いがたいポーカーフェイスで、じっと座っているばかりだった。

頭の上では、ガシャン、ガシャン、と石津の足音が続いている。――これで、もし紳也を殺した仕掛けが見付かったとしても、犯人が捕まるわけではないのだ。

事件の終わりは、まだ先にある……。

「ねえ」

と晴美が言った。「誰か上って来るわ」

梯子が、ギシギシと音を立てていた。

「永江さんだろう。さっきは部屋へ閉じこもっていたけど」

「そうね。でも——」

と言いかけて、晴美はギョッとした。

梯子をかけた穴から、銀色に光る剣がニュッと突き出たのだ。

「お兄さん！」

「おい！　晴美、けっとばせ！」

「何言ってんのよ、男でしょ！」

二人して、あわてて後ずさりする。が、ホームズは、大欠伸《あくび》をした。

「片山さん、ここだったんですか」

剣を片手に、上って来たのは由谷圭子だった。晴美は息を吐き出して、

「圭子さん！　ああ、びっくりした」

「どうしたんだい、そんな剣を持って」

「片山さんの部屋から借りて来たんです。だって、中庭に出て、陽が当たってたら、この塔の天辺に、鎧を着た化け物が歩いているのが目に入ったんですもの」

「あれは石津さんよ」

「え？」

と、圭子が目をパチクリさせる。

晴美が事情を説明すると、圭子は、

「なあんだ」

と息をついて、剣を放り出した。

チーン、と長い剣が音を立てて床に転がる。片山はびっくりして飛び上がった。

「私、またお化けが出たのかと思った」

圭子は、床にペタンと座り込んでから、血溜りに気付き、「キャッ！」

と声を上げて立ち上がった。

「もう大丈夫なの？」

と晴美が訊いた。

「ええ、なんとか。――ゆうべは、うなされて何度も目が覚めちゃったけど」

それはそうだろう。死人に抱きつかれるというのでは、およそ甘いラブシーンとは程遠い。

「永江さんはどうしてる？」

と晴美が訊く。

「さあ。――まだ部屋から出て来ないみたいです。やっぱりショックだったみたい」

「そうでしょうねえ」

「私も――」

と、圭子はゆっくりと視線を天井のほうへ向けて、

「あんな人、大嫌いだったけど、いざ殺されたとなると——。なんだか寂しいんです。妙ですね。——血がつながっていた、ということなのかしら、これが」

「そうかもしれないわね」

ガシャン、ガシャン、と石津の足音が響いて来る。

ゆうべはまったくひどいもんだったな、と片山は思った。

嵐はすぐに去ったけれど、上に上ってみると、吹き込んだ雨で下はびしょ濡《ぬ》れ。みんなで、乏しいローソクの光を頼りに見て回った。しかし、もちろん犯人の影も見付からず、結局、本格的な捜査は翌日ということになり、紳也の死体は、ともかくここにそのまま上衣をかけて置いて、圭子を石津がかかえるようにして、下へ降りた。——さすがに石津としても楽な労働ではなかったようだ。

そのままみんな部屋へ入って、おそらくまんじりともせず、一夜を過ごしたのだろう。いや、石津一人はグーグー高いびきをかいていたが。

今朝になって、やっと石津と片山で、紳也の死体を、彼の部屋へと移したのである。これは梶本の死体を運んだときほどではなかったが、片山の心臓には、やはりはなはだ負担の大きい仕事だった。

「——私が次の被害者かしら」

と、圭子が言った。

「元気出して！　私たちがついてるわ」

晴美の言葉にも、心なしか力がこもっていないようだ。

「おい、降りて来たぞ」

と片山が言った。

ガシャッ、ガシャッという音が、梯子を降りて来て、ロボットみたいな足が見えた。

「どうだった、石津さん？」

と晴美が声をかける。

石津は返事をしなかった。——梯子を降りて来て、床に立つと、二、三歩よろけるように歩いて、まるで金物屋の棚を引っくり返したような凄い音を立てて倒れたのである。

「しっかりして！」

晴美が駆け寄る。「どうしたの？　やられたの？」

顔当てを上げると、石津が喘《あえ》ぎ喘ぎ、言った。

「腹が減って……死にそうです！」


「できの悪い奴だったが、息子は息子です」

永江は、哀しみを秘めた静かな声で言った。

「いつかは心を入れかえて、私のあとを継いでくれるかもしれないと思っていたのですが……」

「申し訳ありません」

片山も謝るしかない。「どうも、お役に立たなくて……」

「いやいや。いくら刑事さんでも、こんな状況ではどうにもなりますまい」

と、永江は穏やかに言った。

人間、悲しみに沈んでいると、寛大になるものである。片山にはますます気が重かった。

昼食の席ではあったが、みんないっこうに食事は進まなかった。もちろん、石津は別として、である。

「石津刑事に調べさせましたが、結局何の仕掛けも発見できませんでした。――ちょっと信じられない話ですが、やはり紳也さんは、外から矢でうたれたとしか考えられないんです」

「つまり、弟がやった、ということでしょうね」

「英哉さんは弓の名手か何かだったんですか？」

「いや、なにしろ、芸術家タイプでしたからね、およそスポーツとは縁遠い男で」

その英哉が、いくら三年間、時間があったとはいえ、そこまで弓の腕を磨けるものだろうか？

「弓を何かに固定して、あの決まった窓を狙うようにセットしておくことはできるかもしれないですわ」

と、麻香が言った。

「そうね。でも、あの風と雨の中よ。矢なんて、とうてい真っ直ぐには飛ばないと思うわ」

晴美は自分で言って、「でも、実際にはそうとしか考えられないけど――」

と、付け加えた。

「それは、英哉が見付かれば、はっきりするでしょう」

と、永江は言った。「しかし……私にも信じられない思いですよ。英哉がなぜ紳也を殺したのか。――紳也が、智美という女性を殺したのでしょうか？　私にはもう何がなんだか分からない」

ご同様です、と片山は口の中で呟いた。しかし、この場の責任者として、そうは言えない。

「しかし、弟は人間が変わってしまったとしか思えません」

と永江が続けた。

「なぜです？」

「つまり――弟が、妻を殺されて、復讐を決意するというのは、分からないでもない。

人間として、どんなに大人《おとな》しい男でも、そういうことはあると思います。しかし、よほど根底から性格が変わってしまったのでない限り、こんなふうに、じわじわと一人ずつ殺して行くというのは……。そう、まったく弟らしくないことです」

「つまり、弟さんなら、もっと正面から――」

「おそらく。しかし、今のところ、弟が犯人と考えるしかないようですが……」

永江は言葉を切ると、少し昼食に手をつけただけで、席を立った。「では、部屋に戻っておりますので」

――永江が部屋を出て行く。圭子が立ち上がりかけて、また腰をおろした。

「なんだか、急に元気が失くなっちゃったみたい」

と、圭子は言った。

「そりゃ、こんな場合ですもの」

と、麻香が肯く。「――石津さん、もう少し召し上がる？　同じようなものばかりでごめんなさいね」

「とんでもない。労働の後の空腹には、どんなものでも旨いです。では、お言葉に甘えて、もう一皿」

「じゃ、前の半分くらいにします？」

「いや、同じにしてください」

と石津は言った。

「屋根！」

と、晴美が突然叫んだ。

「す、すみません」

石津が小さくなる。「もうやめておきます」

「あら、どうして？」

「今、『いやね！』とおっしゃったでしょう」

「私、『屋根』と言ったの。建物の天辺にある屋根のこと」

「ああ、そうですか。──よかった！　晴美さんに見捨てられたら僕は──」

「いいから何皿でも食べろよ」

と片山は言った。「おい、晴美、なんだ、屋根ってのは？」

「あの塔の屋根！　あそこから身を乗り出して、窓の中を狙うの。逆さになるけど、できないことないんじゃない？　それにすぐ目の前よ。背中まで突き抜けるほどの力で刺さってもおかしくないわ」

「うーん、なるほど」

片山は考え込んだ。「しかし、あの嵐の中で、屋根のへりから身を乗り出すってのは、命がけだぞ」

「体をどこかに縛《しば》っておけば、できないことないわよ」

「じゃ、一つ確かめてみよう。しかし、俺は――」

「分かってるわ、高所恐怖症の人にそんなこと頼めないものね。――石津さん、食事終わったら、私のお願いを聞いてくれるわね?」

「は、はあ、もちろん……」

石津は、ひきつったような笑顔で、喜んで(?)答えた。


「とても無理ですよ、こりゃ」

石津は窓から頭を引っ込めると、首を振った。

「どうしてえ?」

晴美はしかめっつらで言った。

「屋根のへりまでは、たっぷり二メートル近くあります。いくら胴長で手の長い奴でも、とても届きません」

「なあんだ。名案だと思ったのに」

と、晴美はすっかり落ち込んでしまった。

「すみません」

石津は、自分のせいだとでもいうように、「あの――なんなら、窓をもう少し上のほうまで広げますか？」

「いいわよ。そんなことしたって仕方ないわ」

晴美は腕組みをして、グルグルと、物見台の上を歩き回った。

何か方法があったはずだ！　何か。

「おーい」

片山の声が下のほうで聞こえた。

「今行くわ！」

晴美と石津が、居館との出入口のある部屋まで降りて行くと、片山とホームズが待っていた。

「こっちはだめ。屋根のへりが上すぎて」

「そうだろう。今、中庭から見て来たが、かなり高い。それに、屋根は鋭く尖ってるんだ。腹這《ば》いになることなんか、とても無理だよ」

「これで私のアイデアも『没《ボツ》』か。――ホームズ、あんた、なんか言ったら？」

「ニャン」

「まったくもう。――何してるの？」

ホームズは、梯子口から下を覗き込んでいた。

「下に何かあるの？」

と晴美は寄って行った。「行ってみる？　ＯＫ。じゃ肩につかまって。あんまり爪を立てないでよ」

晴美は梯子を降りて行った。下の部屋は、あの地下道からの出口になっている。そしてその下で行き止まり。中庭を望む、高い出入口がポッカリと開いているだけである。

ホームズは、そのいちばん下の部屋まで行くと、ストンと床に降りて、その辺をかぎ回り始めた。

「あんたも、やっとおみこしを上げた、って感じね。少し最近怠慢よ」

ホームズは、うるさい、とでも言うように、

「ギャーッ」

と鳴いた。

「分かったわ。黙ってるわよ」

晴美は肩をすくめた。

ホームズは、梯子が床に降りている辺りをかなりしつこくかぎ回っていた。晴美のほうも負けじと――鼻は人間並みにしかきかないので――あちこち見て回ったが、なにしろ、何もない、ただの小部屋である。すぐに諦《あきら》めて、腰を伸ばした。

「どうした、ホームズ？　何かあって？」

ホームズはゆっくりと顔を晴美のほうへ向けた。――ん？　晴美は、おや、と思った。

ホームズのあの顔は、何か、見付けたときの表情。ちょっと得意げな。もちろん、ほかの人には分かるまいが、晴美や片山にだけは分かるのだ。

「ね、何を見付けたの？」

晴美はかがみ込んで言った。ホームズは、上に連れてけ、というように、ニャンと鳴いた。

「教えてくれたっていいじゃないの、ケチ！」

晴美は文句を言いつつ、ホームズを肩に乗せて、片山たちの待っている部屋へと上って行った。

「——おい、どうした？」

と片山が訊く。

「それが、何か見付けたらしいんだけど、何も教えてくれないの」

「少しエサを良くしろって、デモンストレーションかな」

「私も目を皿のようにして見て来たけど、何も気が付かなかったわよ」

「見ろよ、分からないのがどうかしてる、って顔だぜ、ホームズの奴」

「まったく、最近はすっかり冷たくなって——」

と言いかけて、晴美は言葉を切った。

歌が聞こえて来た。——居館との出入口を通して、歌声が、流れ込んで来る。

「あれだわ」

と晴美が言った。

「どこかで聞いた曲だな」

と片山は言った。

「日本で『庭の千草』といってる曲よ。つまり――永江さんの前の奥さんの好きな、『夏のなごりのバラ』だわ！」

晴美は駆け出した。「行きましょう！」

2

広間へ駆け込んで、片山たちは足を止めた。

永江と圭子、それに神津麻香の三人が、びっくりした様子で、片山たちを見ている。

「凄い勢いで、どうしたんです？」

と、麻香が訊いた。

「いえ……その……」

晴美が、息を弾ませて、「その歌が――ちょっと気になって」

「ああ、これですか。例の『夏のなごりのバラ』ですよ」

と永江が言った。

「知っています。——そのレコードは？」

「いや、どうにも気が滅入ってね。前にここでワルツをかけたでしょう。それを思い出して、来てみたんです。そうしたら、このレコードがあったものですから」

「そうですか。——いえ、ちょっとびっくりして、すみません、お邪魔をしてしまって」

「いや、構いませんよ。ご一緒にどうです？　もう一度かけてもいいですかな？」

「ええ、もちろんどうぞ」

と、晴美は微笑んだ。「私もワインでもいただきますわ」

片山たちは、思い思いに腰をおろした。

レコードに再び針が降りる。美しい女声の響きが、部屋を満たした。

「——この声だわ」

と晴美が呟《つぶや》いた。

「え？」

と、永江が振り向く。

「永江さん。いつもおやすみになると、少々のことでは目を覚まさない性質《たち》ですか？」

「いや、神経質です。特に旅先ではね。だから睡眠薬を服《の》んでいますよ」

「それで……」

と晴美が肯く。「この歌にも気付かれなかったんですね」

「何の話です？」

と、永江がけげんな顔で訊く。

「あの塔の上から、この歌が流れて来たんです。そして私、あの階段で――」

「死刑になりかかったんですね」

と石津が口を挟む。「でもホームズがギャーッと鳴いて、我々が駆けつけて、そのマスクをかぶった男はいなくなって――」

「お前の説明じゃわけが分からない」

と片山が遮《さえぎ》った。

晴美の話を聞いて、永江は肯いた。

「そんなことがあったんですか」

「まるでお気付きにならなかったんですの？」

「ええ、まったく。――じゃ、その歌声はこのレコードだった、というわけですね」

「間違いないと思います」

「しかし、何のために、そんなことをしたんだろう？」

と永江は首を振った。「路代がこんなところにいると思うはずもないし」

「しかし、おそらくあなたをおびき出そうとしたんでしょうね」

と片山が言った。「たぶん犯人の仕掛けた罠《わな》だったんでしょう。この歌の意味を分かるのは、あなたしかいなかったはずです」

「それはそうだ。すると……犯人は私をまず狙っていた、ということかな」

「かもしれません」

永江は立って、レコードから針を上げた。

「——睡眠薬のおかげで命拾いをした、とでもいうところかな」

「代わりに晴美さんが、ひどい目に遭《あ》われたんですね」

と、圭子が言った。「どうして晴美さんが殺されかけたのかしら」

「向こうは永江さんのつもりで待ち構えてたのかもしれないわ。そこへ私がノコノコやって来た。ヒョイと顔を合わせて、向こうもこのまま帰すわけにいかない、と……」

「気味が悪いわ。死刑執行人のマスクなんて……」

と、麻香が顔をしかめる。

「それは英哉だったのかな？」

と、永江が言った。

「分かりません。ともかく、スッポリとマスクをかぶっていて。——でも、私、そうは思えなかったんですけど」

「すると？」

「つまり……英哉さんって、そう腕力のある方とも見えなかったでしょう。もちろん、実際は違っていたのかもしれないけれど」

「私の知っている限りでは、力はなかったですよ」

「でしょう？　重い剣をあの勢いで、振り回すなんて、想像できませんわ」

「するとほかの誰か、ということですね」

「そう。――たぶん、梶本さんか誰かだったような気がしました」

と晴美は言った。

「死刑執行人か……」

と、圭子が呟くように言った。「いやな仕事だったんでしょうね」

「刑吏《けいり》っていうのは、特殊な職業だったようですね」

と麻香が言った。「でも、中には、とても立派な人格者として尊敬されるようになった人もいたようですすよ」

「首を落とすなんて、今の目で見れば残酷だけど、考えようによっちゃ、いちばん手っとり早い方法だな」

と永江が言った。

片山は目を閉じた。――想像しただけで貧血を起こしそうになる。

——ドーン、と太鼓のような響きが、微かに伝わって来た。

「あら」

と、圭子が顔を上げる。「また、嵐になるのかしら」

「まさか。こんなにいいお天気だったのに」

と、晴美が言った。

もう一度、雷鳴が轟いて、晴美の言葉を打ち消した。

「また嵐か」

永江が呟くように、「今夜あたりで、すべての結着がついてほしいものですな」

と言った。

問題は——と片山は思った——どういう結着がつくか、ということだ。


晴美は、どうにも眠れなかった。

圭子もなかなか寝つけないようだったが、やっと静かに寝息を立て始めた。

普通の女性なら、こんなときにスヤスヤ寝ていられないだろう。しかし、晴美の場合は、恐怖のあまり、寝つけない、というわけではなかった。

予感——第六感というやつである。

何か起こりそうだ。たぶん、今夜。

そう思うと、眠ってなんかいられないのである。シャーロック・ホームズの時代に生まれつかなかったのが不幸というべきか。きっと、ホームズの助手になって、ワトスン博士を追い出していたに違いない。

コトン、と音がした。——晴美は飛び起きた。

はなはだ原始的ではあるが、各人の部屋のドアに、糸を結びつけ、自分の部屋の中まで、引っ張って来てあるのだ。先に燭台を一つ、結んでおいて、引っ張られると、それが倒れる、というわけである。

晴美だって、旅行のときには、針と糸ぐらい持って歩く。もっとも、本来の目的に利用されることは、あまりなかった。

誰かが部屋を出たのだ。

晴美は、ベッドを出て、ドアのほうへ歩み寄った。耳をドアへ押し当てると、スッ、スッと、滑るような足音が聞こえて来る。

ドアの前を横切って、廊下の奥へと進んで行くようだ。——晴美は静かに鍵を外し、ノブを回した。

キキ……ときしむ音に肝《きも》を冷やす。

やっと顔が出るくらいの隙間ができると、晴美は廊下を覗いてみた。

スラックスをはいた、黒っぽいセーター姿。——神津麻香だ。

晴美は、麻香の手に何か光るものを見てギョッとした。——ナイフだ！

麻香が殺人者？——まさか、と思ったが、しかし、彼女自身、どうにも正体のつかめない女性ではある。

晴美は、廊下へと出た。いささか淑女としては問題のあるパジャマ姿だったが、着替えていては見失いそうだ。

麻香は、奥の階段を上って行った。晴美が死刑執行人に襲われた階段である。

晴美は少し足を早めた。らせん階段の下へ来て上を見ると、足音が、タッタッと響いて来る。

ベルクフリートへ入って行くのだろうか？

晴美も階段を上って行った。

やはりそうらしい。ベルクフリートへの入口は、開いたままになっていたが、壁の燭台に小さく風が揺れている。

梯子のところまで行ってみると、頭のずっと上で、ギイギイと梯子が鳴っていた。

さすがに、晴美も少々心細くなった。しかし、いざとなっても、麻香が相手なら、取っ組み合って負けない自信はある。

ここまで来たんだ。今さら帰れますか、って！

晴美は、梯子を上り出した。

一階、二階、三階と上って、大分腕が痺《しび》れて来る。——どこまで来たのかしら？

ヒョイと顔を出すと、そこはもう、ベルクフリートのいちばん上だった。

嵐は、もう風だけが唸《うな》って、この塔を吹き抜けている。月光が窓から床へ白い帯を描いていて、困らない程度には明るかった。

グルリ、と見回す。——麻香の姿はなかった。

おかしい、どこへ行ったのかしら？

晴美は、濡れた床に立つと、ゆっくりと物見台を一回りしてみた。

見失うはずはないのに。——どこへ消えてしまったのかしら？

この塔から、またどこかへ抜ける道でも、あるのかしら？

ガタン、と梯子のあたりで音がして、晴美は、飛び上がりそうになった。

恐る恐る近づいてみる。——目を丸くした。梯子がない！

「しまった！」

と、口走ったが、遅かった。

麻香は、一つ下の階の暗がりに隠れていて、晴美をやり過ごしたのに違いない。覗き込むと、ずっと下のほうを、梯子を降りて行く人影が見えた。

「ちょっと！」

と晴美は怒鳴った。「梯子をかけてよ！　降ろしてよ！」

はい、そうですか、と梯子が出て来るわけもない。まんまとやられてしまった。

もちろん、この穴のふちへ手をかけてぶら下がり、下の階へ降りられないことはないのだけれど、もし間違って、真下の穴へ落ちたら——真っ直ぐに何階分も落下することになるのだ。

それこそ命はない。

晴美は、床へペタンと座り込んで、

「キャッ!」

と悲鳴を上げた。

下が、降り込んだ雨で濡れていたのを忘れていたのである。悲劇だった。——パジャマもパンツもびしょ濡れで……。

およそ人には見せられない格好だった。

仕方ない。少し待ってみよう。誰か来てくれるかもしれない。

来なかったら、一か八か、下の階へと飛び降りるしかない。——簡単に言うけどね、と自分でからかって苦笑い。

それにしても……麻香がなぜこんなことをしたのだろう。

おそらく晴美がつけていることを、ちゃんと分かっていて、ここへ置き去りにするつもりで……。

「ということは――」

晴美をここへ置いて、彼女はほかの人間に用があるのだ！――圭子だ！

「こうしちゃいられない」

晴美は、窓のところへ行くと、「ホームズ！　石津さん！　お兄さん！――誰でもいいから起きて！――圭子さんが危ない！」

思い切り怒鳴る。

しかし、風が、凄い力で吹きつけて来るのだ。こんな声が届くだろうか？

「ホームズ！　起きてよ！　お兄さんたちを起こして！」

凄絶《せいぜつ》としか形容しようのない声だったが、果たして、ホームズの耳に届いただろうか？

振り向くと、梯子の先端が覗いている。梯子を誰かがかけてくれたのだ！

「石津さん？　お兄さん？」

と声をかけながら、晴美は急いで梯子を降りて行った。

「サンキュー！　助かったわよ！」

下の階に降りて、晴美は振り向いた。

手にした燭台の、小さな光が、その鉄の顔に反射していた。

晴美は、一瞬、身動きできなかった。目の前に立っていたのは、あの死刑執行人だった。

晴美が動くより、一瞬早く、相手の拳が晴美の下腹へ食い込んだ。

「あ……」

と、低く呻いて、晴美は体を折った。

目の前が暗くなる。いや、もともと暗いのだから、「暗くなる」というのは変なものか。

しかし——理屈はともかく、暗くなったのである。

そして、そのまま床に倒れて、晴美は気を失ってしまった。

濡れたお尻が、気持ち悪いな、と意識を失う前に、チラリと考えていた……。


立ったまま眠るという特技の持ち主も、通勤ラッシュのサラリーマンには、たまにいるようだが、晴美の場合は、眠るには、ドテッと横になっている必要があった。

つまり、こうして、立ったまま目を覚ます——正確には意識を取り戻すのは、きわめて、自然の理に反することだったのである。

晴美は頭を振った。ああ、お腹が痛い。

何か悪いものでも食べたかな。——それにしても、体がいやに窮屈で……。

ゴリゴリしたベッドだわ、ここ。——でも、私、立ってるんだから、ベッドじゃない。

つまり……。

やっと我に返ると、晴美は、自分が縛られていることに気付いた。両手、両足とも、固く縛られて、立たされているのだ。いやだわ、どこだろう、ここ？

よりかかるようにしていたので、倒れなかったらしいが、それにしても……。

美女は一度は危地に陥ることになっているけど、助けに来てくれる騎士《ナイト》はいるのかしら？　お兄さんも石津さんもそのムードじゃないしね。

ここはどこだろう？　いやに薄暗い。

少しずつ目が慣れて来る。――並んでいる椅子が見える。ステンドグラスから、月の光が射し込んでいる。

教会みたいだわ、と思った。――教会？　そうじゃない。あの礼拝堂だわ！

そう分かると、一瞬のうちに、晴美は、今、自分がどこに立っているのかを理解した。

全身がすっと冷えて行くような気分。――今、自分は、あの〈鉄の処女〉の中にいるのだ！

殺人機械は、大きく左右へ開いていた。これが閉じたら……。一巻の終わりだ。

晴美は声を出そうとして、猿ぐつわをかまされていることに気が付いた。それなら、ここから飛び出そうとして――縛られた手首が、さらに、鉄の処女のどこかへつながれているのが分かった。出られないのだ。

目の前に、人影が立った。――長い衣を着て、スッポリとあの頭のマスクをかぶっている。

「もう諦めることです」

と、こもったような声がした。

誰の声だろう？

どこかで聞いた声だ。晴美は必死で考えた。英哉の声ではない。

「まったく無鉄砲《むてっぽう》なお嬢さんだ」

と、マスクの下の「声」は言った。「私だって、こんなことはしたくないのです。しかし、あまりに目の前をチョロチョロされては邪魔になって仕方ありませんよ。ちゃんと警告はしましたよ。初めのうちに。矢尻のない矢で、わざと外《はず》して狙ったりしてね」

この声！　この話し方は……でも、まさか！

風が唸った。——相手が、ちょっと低い声で笑った。

「どうやら、私のことが分かったようですね。まあ、どうせあとわずかの命だ。お別れのご挨拶《あいさつ》ぐらいはしておきましょう」

その男はゆっくりと、鉄のマスクを外した。——月明かりの中に、あの礼儀正しい冷ややかな顔が浮かび上がった。

それは秘書の北村だった。

「いてえっ！」

片山は飛び上がりそうになった。いきなり手にかみつかれたのである。痛くて当たり前だ。

「ああ、痛い！　ホームズ！　何するんだよ？」

とベッドに起き上がる。

ホームズがドアのところで、ギャーオ、と鳴いた。片山は明かりを点《つ》けて頭を振った。

「何かあったのか？　よし、分かったよ。おい、石津！　起きろ！――」

「は、はい！」

石津が飛び起きる。

「何かあったらしいぞ！　早く来い！」

片山は、パジャマ姿にスリッパをつっかけ、ドアを開けた。廊下は薄暗く、風が微かに抜けて行く。

突然、ドアが開いて、圭子が出て来た。

「あ、片山さん！」

「どうした？」

「晴美さんの姿が見えないんです。今、ふっと起きたら……」

「あいつ、また……」

どうして、何かやるときにはこっちを起こさないんだ？　ああいう妹がいるから、俺はいつまでも独身なんだ。

いや、そんなことはどうでもいいが――。

「ホームズも今夜はこっちで寝てたんだな。――どこに行ったんだろう？」

「私、全然、出て行くのにも気が付かなくって」

と、圭子が申し訳なさそうに言った。

「いや、そんなことはいいんだ。なにしろあいつは一人でなんでもやろうとするから困る」

「片山さん！」

石津が凄《すご》い剣幕で言った。「そんなことを言ってる場合ですか！　晴美さんにもしものことがあったら、どうします！」

「分かった――分かったよ。よし、ホームズ、心当たりはあるのか？」

ホームズが廊下の奥へと駆け出した。片山たちも、あわててその後から走り出す。

「びっくりしたでしょうね」

と北村は言った。「私はトラックもろとも堀に沈んだはずだ、と。――まあ確かにそのとおりです。しかし、こういう城には、あれこれと仕掛けがありましてね」

晴美は、必死に身動きしようとした。

「ああ、動かないほうがいいですよ」と北村は言った。「その鉄の処女は大変によく手入れしてありますので、ちょっとしたショックでも閉じる恐れがあります」

晴美はピタリと動くのをやめた。

「そうです。――そうして大人《おとな》しくしているのがいちばんよろしい。私も、余計なことに口を出さず、知らなくていいことまで知ろうとしない、そういうタイプの女性が大好きです」

あんたの好みなんて知らないわよ、と晴美は心の中で言い返した。

「特に、あの跳ね橋を落ちるようにしておいたのも私ですからね。あらかじめ助かるようにしておくのは容易です」

と、北村は続けた。「トラックが堀へ突っ込んでも、そうすぐに沈むわけじゃありません。実はね、あの堀の、城の側の切り立った石垣には、凹《へこ》みがあるんです。梶本に教えてもらいましたよ。大きな石が一つ、少し突き出たようになっていて、その下に、人一人がやっと這《は》い込めるような隙間があるんです。――トラックが落ちても、みんなすぐには動けないと思っていましたからね、落ちると同時に外へ出て、石垣に飛びついたんです。これでも身が軽いんですよ」

確かに、あのとき、みんなしばらくはポカンとして突っ立っていたものだ。

「それに、梶本がちゃんとそこからロープを垂らしておいてくれましたからね。その凹みに隠れていて、後で、梶本が上から引っ張り上げてくれたというわけです」

北村は、剣を取り上げると、ゆっくりと晴美のほうへ突き出して来た。刃の先が、パジャマの胸もとに届く。──晴美は身震いした。

「いや、残念ですなあ。本当なら、こういう肌を味わってから死なせてあげたい」

パジャマの合わせ目から、冷たい刃が中へ潜り込んで、晴美の胸をつついた。──痛いじゃないの！　このエッチ！

「残念ながら時間がありません」

と、北村は言った。「秘書なんて、因果《いんが》な商売ですよ。一日中、文句ばかり言われて、そのくせ、出世の機会があるわけじゃない。そうでしょう？　そりゃ、給料は悪くありません。しかし、人生を楽しむことも、役得で儲かることもない……」

北村は剣を引っ込めた。

「誤解しないでください。私は別に殺人狂ではない。──ただ、ある人間の計画に従って、行動しているだけでしてね」

ある人間？　誰だろう？

「そこまでお話ししてあげたいが、私もいろいろやることがありましてね」

北村はため息をついた。「忙しくできてるんですな、私は」

勝手に自分に同情しているという図である。

「あなたにはお気の毒ですが、この鉄の処女の中で死んでいただく。──なに、なまじ変な殺され方をするよりも楽ですよ。一瞬で終わりますから」

無責任なこと言って！　自分が死んでみたわけじゃないでしょうが！

「では、そろそろお別れしますか」

と、北村は言った。「梶本が途中で抜けようとしたものですから、困りましたよ。あの男を殺すのは容易じゃない。金で注意をそらしておいて、やっとこやっつけました。──やはり私のようなインテリは、こういう仕事には向いていない」

よく言うわよ、まったく！

「この機械の場合は、直接手を下すわけではないので、気が楽です。これこそ文化的殺人、インテリ向き殺人ですな」

北村は、ゆっくりと、あのマスクをかぶった。少し風が強くなったのか、ヒューという風の唸《うな》りが、礼拝堂を巻いて流れている。

「これをかぶると、非情になれる。妙なものですね」

北村は、こもった声で言った。「では、ご冥福《めいふく》をお祈りしますよ」

冗談じゃないわよ！　この若さで、死んでたまるか！

晴美は、必死で身をよじった。——ギギ……と何かがきしむ音がした。

晴美はゾッとした。動いている！　鉄の処女が、閉じようとしているのだ。

北村が低い声で笑った。

「いったん動き出したら、止められませんよ。美人薄命、寿命と思って諦《あきら》めてください」

全身から汗が吹き出す。——このまま死ぬのかしら？　お兄さん！　早く来て！　助けに来ないと、化けて出るわよ！

「少し動きが悪くなったかな」

と、北村が言った。「あの英哉という男も、これで死んでもらったんですが、そのときの血がこびりついているのかもしれませんね」

北村が、剣の先で、鉄の処女の蝶番《ちょうつがい》を叩いた。——ギーッと音がした。

「やあ、これでいい。では、失礼」

北村が歩き出す。

晴美は、必死で手首を動かした。

それが、鉄の処女を刺激したのか、左右から、閉まり始める。

ああ、もうだめだ！——晴美は目を閉じた。

鉄の処女が閉じた。ガタン、という音が、礼拝堂の中に響いて、消えた。

3

「おい、いったいどこなんだよ！」

片山が、ホームズの後について走りながら言った。

あっち、こっちとやたら引っ張り回されて、今は中庭へ出て来たところである。

ホームズが怒ったようにギャーッと鳴いた。

「自分でも分からないくせに文句を言うな、って怒ってますよ」

石津が言った。

「勝手に訳すな！　しかし──どこなんだろう？」

片山はいい加減へばり気味だった。もちろん、可愛い妹が危ないとなれば、そんなことは言っていられないが、といって、疲れないわけではない。

「ホームズさんもきっと捜してるんですよ」

と、石津が言った。

「まったく晴美の奴──どこへ行っちまったんだ！」

片山はハアハア息を切らしながら言った。

圭子は片山に言われて、部屋に戻っていた。中庭には、風が渦を巻いている。

「いやな夜ですね」

と石津が言った。

ピカッと、巨大なフラッシュライトでも光ったように、中庭が照らし出された。そして一瞬の間を置いて、雷鳴が空をかけ抜ける。

「礼拝堂のほうへ行きますよ」

と石津が言った。

「あんなところへ行ったのかな」

片山は足を早めた。ホームズが、礼拝堂の扉の前に来ると、ピタリと足を止め、ジリジリと後ずさった。頭を低くして、何かを狙っているような体勢。

「何かいるのかな。——開けてみよう」

片山は扉をぐいと開けた。

次の瞬間、死刑執行人のマスクと、顔を突き合わせていた。——びっくりする間もない。片山はドンと突かれて引っくり返った。

「片山さん！」

石津が駆け寄る。その間に、長い衣を着たマスクの男は、中庭を駆け出して行った。

「馬鹿！　俺はいいから、あいつを追いかけろ！」

と片山は怒鳴った。

「でも、晴美さんを捜すのが先じゃないんですか」

石津の言葉に、片山も、そうだ、と肯いた。こいつもたまには正しいことを言うことがある。

ホームズが、礼拝堂の中へ入って行く。

「この中にいるのかな」

「そうらしいですね。奥のほうへ行きますよ」

二人は、顔を見合わせた。

「まさか――」

「あの〈鉄の女中〉の中に――」

片山も、このときばかりは、石津の間違いを訂正してやる気になれなかった。

二人は、十字架のキリストも生き返りそうな、凄い足音を立てて、鉄の処女へと駆け寄った。

「晴美さん！　いたら返事してください！」

もしいたら、返事なんかできるわけがない。片山も青くなっていた。

「こじ開けるんだ。――ナイフ、あるか？」

「任せてください」

石津は、合わせ目のところに両手の指をかけると、全身の力をふり絞《しぼ》って、ぐいと引っ張った。――おそらく、石津がこれほどの力を出したことはなかったろう。ウォーッという、まるでライオンか何かのような咆哮《ほうこう》が迸《ほとばし》り出た。顔が真っ赤になり、力を入れた手がぶるぶると震えた。

突然、金具が壊れるような音と共に、鉄の処女の片側が、パッと開いた。石津が弾みで飛んで二、三回転がった。

片山は一瞬目を閉じた。哀れ、血まみれの晴美の死体が……。

目を開く。――鉄の処女は、空っぽだった。

片山はヘナヘナとその場に座り込んでしまった。

「片山さん!」

「大丈夫だ。晴美は入ってない」

「――良かった!」

石津も、安堵《あんど》の息をつくと、壁にもたれかかった。

しばらく、二人とも、口をきかなかった。

「――片山さん」

「なんだ?」

「もし、晴美さんが……」

「やめとけ」

と、片山は言った。「あいつが死ぬもんか。鉄の処女なんか、ぶち壊して出て来るさ」

「そうですね。――そうだ。晴美さんが死ぬはずはない！」

石津が力強く言った。――二人はなんとなく声を上げて笑った。

「――さあ、これで終わりじゃないぞ」

と、片山は立ち上がった。「ホームズがここへ来たからには、晴美もきっとここへやって来たんだ」

「そうですね」

「今の死刑執行人のマスクの男だ！　あいつを捕まえるんだ」

「剣を持ってましたよ」

「そうか。よし、部屋へ戻って、俺たちも武装しよう！」

「我々もですか？」

「そうさ、こうなったら、今夜のうちにけりをつけるんだ」

いつも、どうしようもないときしか動かない片山としては、画期的な決心である。

やはり、晴美の行方が分からないことが、片山をせき立てていた。早く犯人を見付けなければ。

「分かりました！」

と、石津も張り切って駆け出した。

中庭の風はますます強い。雷鳴がこの古城をも、揺るがすように鳴ったが、居館へ向かって突っ走る、片山、ホームズ、石津たちには、もはや何も気にならなかった。

「神津麻香がいない？」

と片山は訊いた。

「ええ。部屋にいません」

「変だな」

片山は呟いた。

「まさか彼女が怪しいとでも？」

と、永江が言った。「そんなことは考えられませんよ」

「そうですか？」

と片山は言った。

広間である。真夜中になっていた。片山と石津が、永江を起こし、圭子と二人、ここへ来て待っていてくれるようにと話をしたのだ。

そしてもう一人、麻香を呼びに行ったのだが、姿が見えないというわけだった。

「神津麻香さんのことについては、そう良くご存じというわけではないんでしょう？」

と片山は訊いた。

「それは、確かにそうです。彼女はこちらの支社で雇った人間だし、別にそう厳重な身許の調査をしているわけではない。しかし、よく働いてくれているし、そんな下心のある娘とは思えないですね」

「それはいずれ分かるでしょう」

と片山は言った。「ともかく、この際仕方ない。お二人で、同じ部屋にいていただけますか」

「では私の部屋に」

と、永江は、圭子の肩を抱いた。

「結構です。鍵をかけ、決して開けないようにしてください」

「分かりました」

「僕か、この石津刑事以外の者の声がしても、ドアを開けないように。そして——」

片山は、短剣というには少し長目の剣を、永江のほうへ差し出した。「これをお渡ししておきます。何かのとき、役に立つでしょう」

「私に使えますかな」

と、永江は恐る恐る受け取った。

「私のほうが扱えそうだわ」

と、圭子が剣を取って、「エイッ」

と構えて見せた。

「そうだな、お前のほうが良さそうだ」

と、永江が微笑んだ。「さあ、では部屋へ行っていよう」

永江は、圭子の肩を抱いて、広間から出て行った。

永江は、きっとこの一件が落ち着けば、圭子を正式に娘として入籍させるだろう、と片山は思った。

おそらく、永江自身は、今までもそう思っていたのだろうが、妻の有恵の手前、それができなかった。だが、今はもうそんな心配もなくなったわけだ。

「片山さん、行きますか」

と石津が言った。

「よし。――あれ、ホームズは？」

「いらっしゃいませんね」

と石津が見回す。

廊下へ出ると、ホームズが、ドアの一つから出て来た。もちろん、ドアが開いていたのである。

「晴美たちの部屋じゃないか。――おい、ホームズ、どうしたんだ？」

ホームズがやって来ると、床に、何やら口にくわえていた物を落とした。片山が拾い上げてみる。

「何だ、これ？」

細い、木の屑《くず》だった。削り屑だ。何かをナイフで削ったかすのようなものだろう。

「これがどうかしたのかい？」

と片山は言ったが、ホームズは答えなかった。

片山は肩をすくめて、それをポケットに入れた。

もちろん、二人とも、もうパジャマ姿ではない。そして、手に、剣を握っていた。

片山が持っているのは、少し細身の軽い剣だった。それに、細長い三角形をした楯《たて》。

石津のほうは凄かった。右手に長剣、左手には、槍。おまけに腰のベルトには、小さな手斧を挟んでいる。

「重くないか？」

「大丈夫です」

「自分のことを刺さないように気を付けろよ」

と片山は言って、それから、「俺のこともだぞ」

と付け加えた。

「――まずどこを捜します？」

「さっきの鉄仮面は、防御回廊のほうへ走って行ったな。あっちをまず調べてみよう」

二人は、居館の出口のほうへと歩いて行った。

片山は、麻香の姿が見えないというのが気になった。しかし、まさか彼女が、あの鉄マスクの男とは考えられない。——するると、いったいどこにいるのだろう？

居館の扉を開ける。——風が吹きつけて来て、片山は目を細くした。

「これじゃ、たまりませんね」

と石津が言った。「雨が降ってないだけましだけど」

「そうとも言えないぞ」

と片山は大声で言った。そうしないと聞こえないのである。

「どうしてです？」

「風が強いと、矢が真っ直ぐ飛ばない。矢で狙われる心配はない」

「なるほど！　片山さんも、なかなかやりますね」

「おだてるな！」

片山は石津の肩を叩いた。「さあ行こう！」

二人は防御回廊のほうへと歩き出した。

防御回廊は、城壁の上に沿って造られた、狭間《はざま》窓のついた通路のことである。ただ、窓と屋根のある廊下、というわけだ。

「おい、明かりだ」

と片山が言った。

「はい」

石津が、大型の懐中電灯を点ける。窓からわずかに光が入るとはいえ、回廊の中は、ほとんど暗闇に近い。光の円が、床を這《は》って、奥へと伸びる。

「——いないようですね」

石津の声が、回廊の中に反響した。

「奥のほうまでは光が届かない。行ってみよう」

片山は剣を握り直した。

剣と楯を手にして敵を追いつめる、か。——まるきり騎士物語の世界だな、と片山は思った。

少し違うのは、もし負ければ、本当に死んでしまうということである。しかし、これが現実だとは、どうにも考えられない。

二人は、ゆっくりと回廊を進んで行った。

「そこで終わりです」

「うん。ここにはいないな。——いったん外へ出るともう一つある。そっちを調べてみよう」

「分かりました」

二人は、回廊の一つから外へ出た。ちょうど城壁の角に当たっていて、丸くふくらんだように張り出している。その先に今通って来た回廊と同じものが、直角の方向へ伸びているのだ。

ホームズが、一足先に外へ出る。そういえば、ホームズだけは武装していない。爪や歯が、天然の武器ではあるが。

片山たちが外へ出ようとすると、ホームズが、ギャーッと鳴いた。

「止まれ！」

と片山は言った。

ヒュッと風を切って、一本の矢が、片山の目の前を飛び、回廊の柱に突き立った。

「——矢で狙われないって言ったのは片山さんですよ」

「うるさい！」

片山は顔を出した。さっきの長い衣とマスクの男が、走って行く。

「追いかけるぞ！」

と片山は言った。

二人は回廊から飛び出した。

「見ろ、梯子が！」

中庭から、あのベルクフリートの、ほぼ真ん中あたりの高い入口へ、いつの間にか大きな梯子が、かけられていた。男は、それを、素早く上《のぼ》って行く。

「逃げるか、こいつ！」

石津がワッと走り出した。梯子に取り付くと、長剣も槍も放り出して、上り始める。

「おい、石津――」

片山が叫んだ。「やめろ！　危ないぞ！」

だが、石津の耳には届かない。どんどん上って行ってしまうのだ。

「降りるんだ！　石津！」

「ギャーッ！」

とホームズも呼んだが、もう石津は梯子を半分も上っていた。その重みで、梯子がギイギイと音を立てて波打つ。

片山は息を呑んだ。――つまり、当然のことながら、あのマスクをかぶった男のほうが先に上に着いてしまう。そうなると、後から上って来る石津は、まさに格好の的になってしまうのだ。

それとも、梯子を外されてしまうか。いずれにしても、あの高さでは、いくら石津でも落ちれば命がない。

風で梯子がしなった。――早く上れ！

こうなったら、相手が身構える暇がないうちに、石津が梯子を上り切ってしまうのが、唯一のチャンスである。

しかし、どう頑張っても無理だった。向こうはちゃんとそれを知っているのだ。マスクをかぶった男が、ベルクフリートの入口へ着いた。石津はまだ上から三分の一ほどのところにいる。

片山にはどうすることもできなかった。拳銃でもあれば、当たらなくても、向こうを威嚇《いかく》できるのだが……。

マスクをかぶった男が、いったん姿を消し、もう一度現われた。――長い槍をつかんでいる。

石津が上を見て、ピタリと止まった。やっと、自分の置かれた状況を理解したらしい。

「畜生！」

片山は拳を握りしめた。「飛び降りろ！」

一か八か、それしか手はない。しかし――石津は信じられないような方法を取った。

つまり、上り始めたのである。

「あいつ――何を考えてるんだ！」

マスクの男が槍を構えた。石津は上り続ける。――やられるぞ！

今や、石津と、マスクの男との間は、槍が届きそうなほどの近さになっていた。

男が槍をぐっと引いた。石津が右手を梯子から離すと、ベルトに挟んだ手斧をつかんだ。片山は息を止めた。

槍が男の手を離れるより一瞬早く、石津の手斧が宙を回転しながら飛んだ。

奇跡！——男の手から槍が叩き落とされたのだ！

「やった！　やった！」

片山が飛び上がった。「行け！　やっつけろ！」

まるでTVのボクシングか何かを見てるみたいである。

石津が梯子を上って行く。しかし、相手も、のんびり待ってはいない。梯子に手をかけると、外してしまおうと体重をかけて押して来た。梯子が大きく揺れて、石津の足が外れた。

「危ない！」

と片山が叫んだ。

もちろん、石津にだって、危ないことは分かっている。なにしろ、両手で梯子からぶら下がってしまったのだから。

「頑張れ！　落ちるなよ！」

と片山は叫んだ。

しかし、梯子が外れたら一巻の終わりだ。もっとも石津の体重があるので、そう簡単には外せないのである。

片山は居館へ向かって駆け出そうとした。間にあわないかもしれないが、あの居館との出入口から、あそこへ駆けつけるしか手はないのだ。

だが、そのとき、ホームズが高らかに、ニャーオ、と鳴いた。

誰かが、あのマスクの男に飛びかかった。そして激しくもみ合っているのだ。

「あれは――」

片山が目を見張った。

神津麻香だ！

片山は居館の入口へ向かって、全力で駆け出していた。ホームズが後を追う。

頑張れよ！　今行くからな！


片山がらせん階段を駆け上り、ベルクフリートの中へ駆け込んだとき、ちょうど下の階から石津が上がって来た。

「石津！　大丈夫か！」

「片山さん！」

二人はひしと抱き合い――はしなかったが、思わず手を握り合ったのだった。感動的な一瞬だった。

「奴は上です」

と石津が言った。「今、逃げて行きました！」

「よし、もう逃がさないぞ！——おい、神津麻香は？」

「大丈夫です。命の恩人ですよ。振り回されながら、必死であいつにしがみついていてくれたんです。おかげで、こっちは梯子を上り切れました」

「そうか。——ともかく、あの男を捕まえるんだ」

「楯を貸してください。上から何か落ちて来るといけない」

石津は、片山の楯を左手に持つと、右手に、槍を握り直した。「あいつのですよ。もらって来ました」

「よし、行こう！」

片山は言った。

石津が梯子を上り始める。片山もそれに続いた。ホームズが、片山の肩にしがみついている。

「奴は？」

「ずっと上です。たぶん——いちばん上でしょう」

「顔を見たか？」

「いえ、まだマスクをかぶってますよ」

頭上で、ガーンという、金のぶつかる音がした。石津が叫んだ。

った。

「片山さん！　危ない！　落ちて来ますよ！」

片山は梯子にしがみついた。石津が上に向けて構えた楯に、あの鉄のマスクがぶつかって火花を飛ばした。マスクは、さらに、あちこちへぶつかって、下の階へと落ちて行った。

「――さあ、行きますよ」

石津が上り始める。片山も剣を手に、それに続いた。

ふと――片山の頭に、ある考えが走った。

「そうか……」

ホームズが、この下をかぎ回っていた、と晴美が言った。その意味が、今、分かったのである。

だが、今はそんなことをのんびり考えているときではない。

上へ上へと、石津を先頭に、片山とホームズも上って行く。――片山は、自分が信じられなかった。

強度の高所恐怖症が、どこかへ引っ込んでしまったようだ。それとも、剣なんか持つと、強くなったような気がするのだろうか？

そうかもしれないな、と片山は思った。俺は単純だから。――自分というものを、よく分かっているのである。

「──もう一階です」

と石津が言った。

「この上が天辺か？」

「そうです」

「気を付けろよ」

「慎重に行きましょう」

梯子を一段、一段、用心しながら上って行く。向こうが、すんなりと迎えてくれるとは思えなかった。

石津が、緊張の面持《おもも》ちで、いちばん上の、物見台へ出る穴から、顔を出した。

ホームズが、片山の肩から、力一杯ジャンプした。石津の肩へ前肢が届く。と見る間に、もう一度ジャンプして、ホームズは、穴から躍り出ていた。

剣を構えていた男──北村は、ギョッとして、目を見張った。ホームズが、北村の顔面へ飛んだ。

「ワッ！」

北村が、あおりを食らって引っくり返る。

「おい、石津！　上れ！」

片山が怒鳴った。

「はい！」

石津が上って来ると、北村が起き上がったところだった。

「――畜生！　このしぶとい奴め！」

北村は剣を握り直した。

「あれっ！」

石津は呆気に取られて北村を見つめた。

「どうした？」

片山が上って来る。「――北村」

「二人とも、ぶった切ってやる！」

北村が剣を振りかざして襲いかかる。石津の楯に、剣が当たって、火花が散った。

「死ね！　こいつ！　死ね！」

北村は、目を血走らせていた。ビュンビュンと音をたてて剣が空を切る。

石津も片山も、北村の凄い気迫に押されて、防戦一方だった。一つには北村が生きていたというショックのせいもあったろう。

「もう観念しろ！」

と片山が叫んだ。

「こっちの言うことだ！　妹と一緒にしてやるぞ」

「なんだって？」

片山が青ざめた。「今、何と言った！」

「お前の妹さ。あの出しゃばり娘は、今ごろ串刺しだ。仲良くあの世へ行け！」

これがいけなかった。北村の誤算である。――石津が、顔面蒼白になった。

「晴美さんを――殺した？　嘘だ！」

「嘘なもんか！」

「この嘘つきめ！」

石津が、猛然と攻撃に転じた。――いや、攻撃なんてものではない。

一人の総攻撃、というところである。

もう、自分の持っている武器が、剣なのか槍なのかも分からない。振り回し、ぶん殴り、突き出す。もうめちゃくちゃである。

「ウォーッ！」

虎だって恐れをなして逃げ出すんじゃないかという唸り声を上げて、石津は突っ込んで行った。

「この野郎！　嘘だと言え！　晴美さんを殺したなんて――嘘だ！　嘘だ！」

石津の槍が、北村の剣をへし折った。キーンという音と共に、剣の刃が半分、天井に突き刺さる。

「この化け物め！」

北村は叫ぶと、駆け出した。

「待て！」

石津が追いかける。北村は、振り向きざま、折れた剣を投げつけた。石津が、それをよけた弾みに転倒する。

北村は、窓のへりに手をかけて、身を乗り出した。片山は剣を手に、駆け出す。

「待て！」

「捕まってたまるか！」

北村は一声叫ぶと、窓から身を躍らせた。——片山は窓から下を見下ろした。

遥《はる》か下、中庭の石畳に、北村が四肢を広げて、倒れている。雷が光って、それを白々と照らし出した。

もう、北村は身動きしなかった。——この高さだ。命のあるはずもない。

片山は、ぐったりと、その場に座り込んでしまった。——寒いくらいなのに、体中から汗が吹き出す。

「——片山さん」

石津がよろけるように手さぐりでやって来た。こっちも汗だくである。

「——うん」

「本当に……晴美さんは、死んじまったんでしょうか」

「さあ……分からないよ」

片山にも、まるで実感がない。あの晴美が死ぬなんてことがあるだろうか？

いや、もちろん、あれだって生身《なまみ》の人間なのだ。死なないわけじゃない。しかし……。

「もし——もし——本当だったら——」

石津は片山と並んで、ペタンと腰をおとした。

「そんなはずは——ないと思うけどな」

「そうですね。そんなはずはない。晴美さんが……。晴美さん……」

石津の声が途切れる。

しばらくは、二人の、荒い息づかいだけが聞こえた。——風が、少しずつ緩やかになって来るようだ。

片山が、よろよろと立ち上がった。

「さあ、晴美を捜しに行こう……」

「はい」

石津は立ち上がると、手にしていた槍を投げ出した。

「もし晴美さんが——」

「うん？」

「万一のことがあれば、僕は後を追います」

石津はグスン、とすすり上げた。「止めないでください」

「うん」

片山は、ただそれだけ言って、肯いた。

まさか、いいとしをして、俺も、とは言いにくい。

ホームズがニャオと、泣いた。

「なんだ、お前も心配なのか？」

ホームズはいっこうに心配そうではなかった。なんだか少し人を小馬鹿にしたような顔をしている。しかし、石津には、その微妙なところが分からない。

「ホームズさんだって心配でしょうね。――分かりますとも！」

いかに石津が切羽《せっぱ》詰《つ》まった気分でいたかは、猫恐怖症であることも忘れて、いきなりホームズを抱きしめたことでも分かる。

ホームズのほうは目を白黒させ、手足をばたつかせた。フニャオ、フニャオと、鳴き声もなんだかしめつけられたようで……。

「何してるのよ！」

と、声があった。「お兄さん！――石津さん！」

ベルクフリートの下からだ。声が中庭に反響した。

「――晴美さんだ！」

石津がホームズを放り出した。ホームズは辛うじて一回転すると、床に降り立ち、

「気を付けてくれなきゃ困るじゃないか！」

とでも言うように、ニャーオ、と鳴いた。

しかし、石津と片山は、窓のところに取り付いて、

「晴美！」

「晴美さん！」

と、非音楽的な二重唱をくり広げている。

「どうしたの？　北村が死んでるわよ」

晴美の問いに返事をする間もなく、石津が、猛烈な勢いで梯子を降りて行く。

片山も、それに続こうとして、ホームズにギャーッと鳴かれた。

「あ、そうか。お前のことも忘れちゃいないよ」

片山は、ホームズを肩にのせると、梯子を降りて行った。

もし、梯子降り競走というスポーツがあれば、石津はオリンピックに出られたに違いない。

片山のほうは、居館への入口から、遠回りをして中庭へ出たが、石津のほうは、あの高い梯子を降りたので、アッという間に中庭へ降り立っていたのだ。

「石津さん――ちょっと――やめてよ！」

晴美は、石津にかかえ上げられ、振り回されて、真っ赤になっていた。

「やあ、やっぱり生きてたな！」

と駆けつけた片山が言うと、晴美はキッとにらんで、

「だけど、殺されるところだったのよ！　誰も助けに来ないんだから！」

「そう言うなよ。――しかし、北村が生きてたとはな」

「この人に捕まって、鉄の処女へ入れられたのよ」

「ええ？」

片山は目を丸くした。「よく助かったな、それで」

「もうだめかと観念したわ」

と、晴美は言った。「ところがね、あの機械、閉じると同時に、下がストンと開いて、落っこちるようになってるの」

「なんだって？」

「下は、何もない部屋なんだけど、ちょっとした牢屋っていうところかしら」

「そんなところに？」

「そこで、この人と会ったのよ」

と、晴美は振り向いた。

片山は、初めて、もう一人、そばに立っている人間に気付いた。暗くて、よく分からなかったのだ。

石津が懐中電灯の光を向けて、

「やあ！」

と声を上げた。

「お騒がせしましたね」

永江英哉が、頭を下げた。

遠くで、雷鳴が大太鼓のように鳴った。

4

「叔父さん！　生きてたの！」

圭子が、英哉に飛びつくようにして抱きついた。

「心配かけたね」

と、英哉は言って、「待ってくれ。――ともかく、腹が減って死にそうだよ」

「さあ、どうぞ」

晴美が手渡したパンとワインを、英哉はアッという間に平らげた。

広間は、どことなく、中途半端な解放感に満たされていた。――すべてが終わったようで、それでいて、まだ何かがひっかかっている……。

「――北村がやったとは信じられないな」

と、永江がソファに身を沈めて、首を振った。

「どんな具合だったんですか？」

と、片山が訊く。

「待ってください。もう一杯ワインを、――ああ、ありがとう」

英哉はホッと息をつくと、「いや、これでやっと生き返った！――実は、梶本にすっかり裏切られてしまったのが誤算でしてね」

「あの男はどういう――」

「元警官なのです」

「警官？」

片山が目を丸くした。

「それが、日本の警備会社へ移り、たまたまドイツへ研修に来ていて、私の目に止まったのです。――いかにもこの城に合いそうなタイプだったし」

「梶本という名前は――」

「あれは、『ノートルダムのせむし男』のカジモドから取ったのです。本名は小林というのですが。――いわば、ガードマンとして雇ったのですが、まさかああも簡単に、北村に買収されてしまうとはね」

「すると、梶本にやられたんですか？」

「薬を盛られたんですね。――気がつくと、あの鉄の処女に入れられていた。目の前に北村が立っていました」

「北村はなぜそんなことを？」

「それが私にも分からないんですよ」

と、英哉は首を振った。「どうも――北村も、誰かのために動いていたような気がするのですがね」

「何も言わなかったんですか？」

「ええ。それに、こっちはまだ意識がはっきりしていなかったんです」

「北村としては、あなたを殺し、死体を隠しておいて、すべてをあなたの犯行に見せるつもりだったんでしょうね」

「おそらくそうでしょう。――私はともかく殺されて――といいますか、鉄の処女の下の穴へ落ちて、ずっとそこから出られなかったわけです」

「あの穴はなんでしょう？」

と晴美が言った。

「やはり教会の中ですからね。あそこで処刑したと見せて、命を助けてやる。——そのための仕掛けだと思います。まあ、こっちは危うく餓死するところでしたが」

片山は肯いた。

「すると、北村は、その後、自ら、まず跳ね橋が落ちるように細工をして、トラックごと堀へ落とし、自分はうまく身を隠した。そして、有恵さんを殺し、続いて紳也さんを——」

「梶本が殺されたのは、手をひこうとしたかららしいわ」

と、晴美が言った。「やっぱり、いくらお金をもらうにしても、人を殺すと、恐ろしくなるんでしょうね」

「それが当然だよ」

と片山は肯いた。「梶本も、よほど油断したんだな。まともにやれば、北村が勝てるはずがない」

晴美が首を振って、

「でも、まだまだ分からないことがあるわ」

と言った。「北村が誰のために働いていたのか。そして、どうやって紳也さんを殺したのか……」

「そうだな。有恵を殺したのは梶本だったかもしれないが、紳也のときは、もう梶本も死んでいたわけだ」

と、永江が言った。

「兄さん」

と、英哉が言った。

「なんだ？」

「僕のことを怒ってるだろうね」

「なぜ？」

「僕が招待しなければ、有恵さんも紳也君も死なずに済んだ」

永江は、少し考えながら言った。

「それはどうかな。——紳也はともかく、有恵の奴は、私が殺したかもしれん」

「まあ、お父さん！」

と圭子が驚いて言った。

「いや、本当だ。——私も、有恵には我慢できなくなっていたんだ。しかも、あいつは紳也とできていた」

片山と晴美は顔を見合わせた。

「ご存じだったんですか」

「もちろん」

と、永江は微笑んだ。「こんなふうに、殺人者がうろつき回っているときに、睡眠薬を服むと思いますか？」

「じゃ、奥さんが紳也さんの部屋へ忍んで行くのを知ってらしたんですね」

「知っていましたとも。ついでに、二人の話も聞いていましたよ」

「話も？」

「こういう古い城は、壁は厚いが、風呂の排気孔などで、結構声が伝わるものです」

「なるほど」

「二人が何の話をしていたか、分かりますか？」

と、永江は、ちょっと顔をしかめた。

「なんだったんです？」

「紳也は、あの梶本という男に金をやって、私を殺させようかと話していました」

「――まさか」

と、圭子が言った。

「本当だよ」

「でも、それはほんの冗談で――」

「いや、あいつは母親のことで私を恨んでいた。おそらく本気だったろう」

「母親っ子だったんですね」

と、片山が言った。

「そのとおりです。——まあ、無理もありません。母親のことでは、私にも罪がある。しかし、だからといって殺されてはたまりませんがね」

片山は、英哉のほうを見た。

「あの、『夏のなごりのバラ』の曲は——」

「兄のために、レコードを置いておいたのです。——義姉のことは、知っていました。私はずっとこっちにいますからね。——気の毒なことでした」

「それを北村が知ったんですね」

と、晴美が言った。「そして、あの塔の上でレコードをかけ、永江さんをおびき出そうとした……」

「私の耳にも聞こえましたよ」

と永江は言った。「しかし、空耳かと思っていたのです。——幻聴《げんちょう》なのかな、とね」

「でも、なぜ永江さんをおびき出そうとしたんだろう？　永江さんを殺す気はなかったようだけど」

と片山が首をかしげる。

ホームズが、苛々《いらいら》したように、

「ニャン」

と鳴いた。

そんな簡単なことが分からんのか、というところである。

「あ、そうか！」

と晴美が言った。「永江さんじゃなくて、有恵さんのほうを狙うために、永江さんをおびき出そうとしたんだわ！」

「なるほど、逆だったのか」

「それで、私の姿を有恵さんと思って、あのマスクをかぶって姿を見せたのね。人違いと分かっても、帰すわけにはいかないというので殺そうとした……」

永江はゆっくりと首を振った。

「それにしても、人を見る目がなかった。――まさか北村の奴が――」

「誰だって狂うことがあるよ」

と、英哉が言った。「――兄さん」

「なんだ？」

「兄さんの会社のことだが……」

「ああ、分かっている。俺一人ではもう手に余るんだ。紳也もいなくなったことだし、手伝ってほしい」

「手伝わせてもらうよ」

と、英哉は肯いた。「ただし、普通の社員として使ってくれないか」

「なんだって？」

と、永江は訊き返した。

「僕は、およそ仕事というものを知らない人間だ。こんなのがいきなり社長になっても、どうしていいか分からないよ」

「だけど――」

「もちろん、僕が平社員になったって、あれこれやりにくいに決まっている。だから、こっちでの仕事を手伝わせてくれないか。僕ならドイツ語もできるし、フランス語、イタリア語も多少はこなせる。少しは役に立つと思うんだ」

「ははあ……」

石津がポカンとして、「僕は日本語もよく分かりませんが」

と言った。

「正直なところ、そう言われてホッとしたよ」

と、永江は言った。「実は、お前に会社を任せることはできない、と言いにここまで来たんだ」

「それでピリピリしてたんだな。僕にも自分のことは分かっているよ」

「よし。希望どおりにしよう。――じゃ、一つ乾杯といくか」

まだすっきりはしなかったが、一応、グラスを充たそうということになり、全員がワインのグラスを手にした。

「お兄さん」

と晴美がつつく。「飲むまねよ。飲んじゃだめよ」

「分かってるよ」

片山も、二度と飲む気はしなかった。

「さあ、乾杯！」

と、永江が言った。

グラスがチリン、と鳴る。――ホームズも、下のほうで、「ニャン」と言った。

「――一つうかがいたいんですけど」

と、晴美が英哉のほうへ言った。

「なんでしょうか？」

「奥さま――智美さんのときには、なぜ、鉄の処女の底が開く仕掛けが働かなかったんでしょう？」

「働きましたよ」

晴美はポカンとして、

「それじゃ――智美さんという方は――」

「遅くなりましたが」

と、英哉は言った。「改めてご紹介します。――妻の智美です」

英哉は、神津麻香の肩を抱いて、微笑んだ。


「誰かが智美を殺そうとした。それは凄いショックでした」

と、英哉は言った。

「私もですわ」

と、麻香――いや、智美は言った。

「実際、あの恐怖を体験して、智美は何カ月かノイローゼで入院していたのですよ」

「それをなぜ死んだことに？」

「そういうニュースが広まってしまったんです」

と、英哉は言った。「この辺の村や町にね。――こっちは智美のことが気がかりで、それどころじゃない。それで、やっと落ち着いてみると、智美が死んだという話がすっかり広まってしまっている。それで考えたんです。――なんとしても犯人を捕まえたい。そのためには死んだことにするのもいい、と思ってね。わざわざ顔を違えて、肖像画まで描かせたんだ。凝《こ》っているでしょう？　もっとも、智美もときにはここへ来ていたので、そのときは梶本に休みをやっていたのです。ベルクフリートに智美のための部屋を作ってやりましてね。ご覧になったでしょうが」

「それで、智美さんは名前を変えて――」

「兄の会社の支社へ入社させたのです。もちろん、兄も智美に会ったことがありません
から、見破られる心配はない」

「いや、参ったな」

と、永江が苦笑した。

「僕は兄さんも含めて、みんなに動機があると分かってたからね。みんなの行動を見張
れるし、それに事件があったときの、全員の行動を調べるにも好都合だと思ったんだ。

智美もよくやってくれたよ」

「ちょっと心苦しかったけど」

と、智美は言った。「でも、あの鉄の処女が閉じて来るときの恐ろしさは――。あれ
を思い出すと、何としても犯人を見付けてやろうと思ったんです」

「分かるわ」

と、晴美が肯いた。

「あなたは気丈な方ですね」

と、英哉が言った。「僕の場合は、あの仕掛けを知っていたから平気でしたが」

「根が楽天的なんですの」

と、晴美が言った。

「でも、途中で我々があそこを調べましたよね」

と、石津が言った。「そのとき、血がついてたけど——」

「あの血は私がやったんです」

と智美が言った。

「君が？」

「ええ。——私、あなたの姿が消えてしまったので、気が気じゃなかったの。この城の中は広いし、ほかの人の目につかないように捜し回るのは難しいでしょ。特に、私は局外者という立場ですもの」

「それはそうだな」

「でも、考えてみたの。もし、私を殺そうとしたのと同じ犯人なら、またあれを使うかもしれない。——それであそこを見に行ったのよ」

「なんだ、君は知ってたのか」

「使われたことは分かったわ。でも、下にあなたがいることまでは確かめられなかったの。——当然、みんなでこれを調べに来るでしょう。そのときに、血もついていなかったら、もし犯人が私たちの中にいたとすると、あなたが生きていることに気が付くかもしれない。そうなると、犯人も、あの仕掛けに気付くんじゃないか。——そう思ったから、急いで調理場へ行き、肉の貯蔵庫から、固まった血を取り出して、薄めて溶かし、あれに塗っておいたのよ」

「さすがに頭が回るわね」

と、晴美が感心の様子で言った。

「北村は、後で、あそこを見て焦《あせ》っただろうな」

と、英哉は言った。「僕の死体が消えちまったんだからね」

「でも、ともかく、私たち、智美さんに助け出されたわけよ」

と、晴美が言った。「お兄さん、お礼を言ってね」

「まあ、とんでもありませんわ」

と、智美が肩をすくめた。「――晴美さんを、ベルクフリートの上に置いて来ちゃったので、晴美さん、北村に捕まっちゃったんですもの、何かあったら私の責任です」

「ご主人を捜すつもりだったのね？」

「そうです。でも、晴美さんが尾《つ》けて来られたんで、ちょっとまいてしまおうと……。ごめんなさい」

「いいのよ、別に。ともかく、私は不死身なんだもの！」

「助かったから、そんなこと言ってられるんだ」

と片山は苦笑しながら言った。

「それは事実ね」

「でも片山さん――」

と石津が言った。「いったい、北村はどうやって紳也を殺したんです？　弓の名手だったのかな」

「それだ」

と、片山は言った。

――なんとなく、静かになった。

残されている問題、北村が、誰のために働いていたのか、そして、紳也はどうやって殺されたのか。それを明らかにしなくては、事件は終わらない。

「おそらく、有恵さんは梶本の手で殺されたんだと思います」

と片山は言った。「しかし、梶本が抜けてしまったので、紳也さんを殺すのが難しくなった。――北村が動き回るのは危険です。紳也さんも、若いし、馬鹿ではない。よほど巧くやる必要がある。正直なところ……」

片山は、ちょっと言葉を切って、

「犯人が、紳也さんを、あんな凝《こ》ったやり方で殺さなければ、北村一人の罪として、済ますこともできたでしょう。しかし、なまじ、一見不可能なやり方をしたばかりに、犯人がその人しか考えられなくなってしまうのです」

「その人って？」

「なぜ、あんな方法を取ったかは分かります」

片山は晴美の質問は無視して進めた。晴美がプーッとふくれる。

「犯人が、我々の中にいない――つまり、英哉さんが犯人だと印象づける必要があったのです。しかし、それが犯人の命取りでした」

片山は、ポケットから、何かを取り出して、テーブルに置いた。

「何、これ？」

と晴美が手に取る。「何かの削り屑《くず》？」

「そうなんだ。ホームズが見付けて来た。そして、ホームズが、あの塔の梯子のいちばん下で、見つけたこと……」

「私、何も気が付かなかったわ」

「そうなんだ。何もなかったのさ」

と片山は言った。「しかし、そんなはずはない。分かるか？――紳也さんが、矢で胸を射抜かれて、下へ降りて来たのなら、当然、背中の傷から、血が流れている。現に、大量の血が出ていた。しかし、それが一滴も下に落ちないなんてことがあるだろうか？」

「あ、そうか」

と晴美が肯く。「血痕が残っていなかったのね」

「そうなんだ。――射たれたり、刺されたりしても、あの梯子を降りて来るぐらいのことはできるかもしれません。しかし、一滴の血も、下に落とさないというのは、あり得ないことです」

「すると、どういうことになるんです？」

と、永江が訊いた。

「つまり、紳也さんは、矢で射抜かれてはいなかったということです」

「しかし――」

「紳也さんは、後で刺されたのです」

と、片山は言った。「誰に？――紳也さんが死体のふりをして抱きついた相手にです」

「圭子さん」

晴美は言った。そして、室内に、いつしか圭子の姿が見えないことに気付いた。

「矢は、射るばかりではありません」

と片山が続けた。「刺すこともできます」

「でも、あのときは――」

「状況を考えてみると、こんなふうだったと思います。――あのとき、みんな酔っていました。圭子さんは紳也さんへ、みんなを一つびっくりさせてやりましょう、と持ちかけた。紳也さんも人をからかうのは嫌いではない。そこで二人は、筋書を打ち合わせたのです」

片山は、用意した矢を持って来ると、「――これを、まず二つに折ります」

と、両手で持って、力を入れた。

「折ります。――折り――折り――」

いくらやっても折れない。見かねて石津が手を出した。

「僕がやります」

「頼む」

片山はハアハア言いながら、「羽のついたほうから三分の一ぐらいのところを折ってくれ」

石津がやると、軽く二つに折れる。

「よし。この羽のついたほうを、こうして――」

と、片山は胸に当てた。「何かで固定して、あとは、ケチャップでも赤インクでも、そのあたりにしみ込ませておく。暗い塔の中です。よく分かりませんからね」

「じゃ、それを自分でやったの」

「そうさ。だから、わざと最後に残ったんだ」

「でも、それをどうして……」

「圭子さんは下で待っていた。降りて来る様子に気付いて、『呼んで来ましょう』と、梯子のほうへ歩き出す。つまり——」

と、片山は言葉を切って、「圭子さんは我々に背を向けていたわけです。そして、圭子さんは、服の下に、折った矢の残りの三分の二を隠し持っていた。——彼女が、服のベルトを外していたのを憶えているだろ？　矢を隠しておくのに、ああしたほうが都合良かったんだ」

「なるほどね」

「芝居っ気たっぷりに、紳也さんが降りて来る。紳也さんは我々のほうを向いていた。そして圭子さんはこっちに背を向けていたわけです」

「みんな、ギョッとして——」

「すぐには動けない。それも圭子さんに分かっていた。——紳也さんは、圭子さんへ、打ち合わせどおりに抱きつく。圭子さんは悲鳴を上げながら、矢を握った手を、紳也さんの背中へ回した。もちろん——」

片山は、矢の残りのほうを見せて、「矢じりで刺すわけにはいかない。だから、彼女は、この、折れたほうの先を、ナイフで鋭く尖らせておいたのです」

「それがこの削り屑ね」

「その尖ったほうを、紳也さんの背中に押し当て、力一杯、刺したのです！——圭子さ

ん の力なら、難しくはなかった」

「あのとき、紳也さんが苦しそうにしたわ」

「当然だ。あのとき、我々の目の前で刺されたんだからね」

「なんてことだ……」

永江は頭を振った。

「見た目には、一本の矢が、貫き通したように見える。――これが真相です」

「でも――」

と晴美が言った。「それは後で調べたんじゃないの?」

「そうですよ」

と石津が言った。「僕はあの死体から、矢を抜きましたよ」

「あれは別の矢だったんだ」

「別の矢?」

「夜の間、死体は現場にあった。圭子さんは夜中に起き出し、新しい矢を持って、死体のところへ行ったんでしょう。胸に取り付けた矢を外し、背中から刺したのを、さらに力を入れて、傷を胸まで通してから、引き抜く。その傷へ、新しい矢を刺し通しておく。

――これで終わりです」

――しばらく、誰も口をきかなかった。

「私は……」

と、英哉が言った。「分かりませんね。なぜ圭子が……。すると、智美を殺そうとしたのも——」

「圭子さんでしょう。——彼女はあなたを愛していた。しかし、あなたがほかの女性を選んだと知って、ここまでやって来たのです」

「でも私のことを知らなかったのかしら」

と智美は言った。

「叔父さんの前に姿を見せるわけにはいかなかったので、遠くから見るくらいだったのでしょう。だから、今度あなたに会っても、分からなかったんですよ」

「じゃ、あのとき、私を突き飛ばしたのも……」

智美は息をついた。「——私、圭子さんのことを、おかしいな、とは思っていました」

「彼女が前にこの城へ来たことを話したときね」

と晴美が言った。

「警察の車がどうとか言ったでしょう？　でも、実際には、そんなことはなかったんです。だから、何のことを言ってるのかな、と……。でもまさか圭子さんが——」

「なぜあの子が有恵や紳也を？」

と、永江が言った。「理由が分からない」

片山は、ちょっと広間の中を見回した。

「それは、彼女自身しか分からないでしょう。でも——たぶん、英哉さんが、帰国もせずに、こっちへ残っているのを見て、英哉さんのことは諦めたのだと思います。そして、彼女の夢はただ一つ——あなたの娘になることでした」

「私の娘に……」

「有恵さんや紳也さんがいる限り、それは不可能だった。——圭子さんは、北村に近づいた。いや、逆だったのかもしれませんね。有恵さんと紳也さんがいなくなれば、当然、圭子さんは、正式に永江さんの娘になる。そうなれば、北村としては圭子さんの心をつかんでおけば、将来は永江さんのあとを継ぐことも夢ではない」

「馬鹿な！」

永江はグラスを床に叩きつけた。「そんなことを——なんてことを！」

「兄さん……」

と、英哉が言った。

「この殺人を計画したのが、北村だったのか、圭子さんだったのか、それは分かりません」

と、片山は言った。「ともかく、この旅が絶好の機会だと二人は考えたのです。英哉さんに殺人の罪を着せることもできる。——おそらく、北村が、こっちへ来るたびに、準備を重ねていたのでしょう」

永江が、泣いていた。——声を押し殺して、泣いていた。


「いいお天気ねえ、今日は」

と、圭子は言った。

朝がやって来る。——静かな森の上に、薄いヴェールのように、霧が流れていた。

圭子は、城壁の上に立っていた。——下は数十メートルの切り立った外壁。そして、その下は、深い堀である。

「なんだか、夢を見ていたようだわ」

と、圭子は言った。「何もかも。でも、夢じゃないのね。私が紳也さんを殺したのも、北村の言うなりに動いていたのも」

ホームズが、中庭の石畳に、座っていた。そのホームズへ、圭子は話しかけているのである。

「あなたは頭のいい猫さんね。——私のことも、私の気持ちも、何もかも分かっているんでしょう？」

ホームズは、何も言わなかった。

「そうね。——慰めなんていらない。私が死んでも、誰も悲しみはしないわ、世界の損失でもないしね」

圭子は、フフと笑った。「ねえ、なぜか、『薄幸の美女』って言葉はあるのに、『薄幸の不美人』って言わないのね。――美しい人なんて、それだけで一つの恵みじゃないの。ぜいたくだわ！」

風が、圭子の髪を乱した。

「どうせ、私の人生なんて、たいしたもんじゃないわ。――ここで終われば、上出来よ。そうじゃない？　ドイツの古城で、城壁から身を投げる。これはどう見たって、美女の役どころよ、ね」

圭子は、深く呼吸した。「私も一つはいいことをしてあげたわ。――お父さんを、あの有恵から、解放してあげたもの。ねえ？　あれだけは感謝されてもいいわね。さ、行こうかな」

圭子は狭間の間に足をかけた。

「じゃあね、猫ちゃん。さようなら。――片山さんっていい人ね」

と、圭子は言った。

「圭子！　待ってくれ！」

と声がした。

ハッとして振り向くと、永江が必死で走って来る。

「お父さん！　来ないで！」

と圭子は叫んだ。

「やめろ！　私を殺すつもりか！」

と永江は足を止めて叫んだ。「お前が——お前が——死んでしまったら、私は誰のために働けばいいんだ！」

圭子の目に涙が溢《あふ》れて来た。

ホームズは、ゆっくりと圭子の足下へ行って、ニャーオ、と短く鳴いた。ホームズを見下ろす圭子の顔が泣き笑いの表情になる。

圭子は、城壁から足をおろすと、父親のほうへ、ゆっくりと歩き出した。

エピローグ

「本当にお世話になって――」

と、智美が言った。

広間は、平和な雰囲気《ふんいき》に包まれていた。圭子と永江は、部屋で語り合っているはずだ。

――たぶん、初めて、親子として……。

「どういたしまして」

晴美が言った。「ところで、あなた、デュッセルドルフのホテルで、知っている人に会わなかった？」

「ええ、昔の友だちに。向こうがびっくりして声を上げたんで、ウィンクしてやったんです。そしたら、なんとかうまくごまかしてくれたけど」

「ああ、あのとき僕の鍵を拾った人か」

と片山は肯いた。

「いったい、どうなってるのかと思って、あなたの部屋の鍵をそっと拝借して部屋を調べたんですって。後で詫びていましたわ」

「どうも、若い人は無鉄砲だな」

と、片山は苦笑した。

「しかし、智美は割合にしっかり者でして」

と、英哉がグラスを手にして言った。「下着だって、日本の特価品を会社の人に頼んで買って来てもらっているんですよ」

「あなた、やめてよ」

と智美が顔を赤らめた。

「ああ、あのベルクフリートの部屋の」

晴美が肯いた。「でも、どうして使ってあるように見せたの？」

「そういうわけじゃないんです。ただ、私、新しい服は必ず洗ってから使うくせがあって」

「なあんだ」

と晴美は笑った。「分かってみればどうってことないのね」

「片山さんたち、これからどちらへ？」

「ウィーンへ行こうと思ってるの」

「まあ！　それじゃ、私が案内しますわ」

と智美が言った。

「その前に、この城を出なきゃ」

と片山が広間の中を見回して言った。「どこかに出口はないのかな」

「ああ、そうでしたね」

と、英哉が言った。

そして英哉は戸棚のほうへ歩いて行くと、鍵を取り出し、扉を開けて、

「どうぞ、電話してください」

と言った。

戸棚の中には、真新しいプッシュホンが澄まし顔でおさまっていた。

解説

山前《やままえ》 譲《ゆずる》
（推理小説研究家）

飼い主である片山義太郎《かたやまよしたろう》や晴美《はるみ》とともに（たいてい石津《いしづ》刑事も一緒でしたが）、これまでいろいろ旅してきたホームズですが、なかでも印象深いのはやはりヨーロッパではないでしょうか。初の海外での事件となるシリーズ八作目の本書『三毛猫ホームズの騎士道』で、ホームズ一行はドイツへと旅立っています。

それはいくつも会社を経営している永江和哉《ながえかずや》の依頼でした。ドイツに住んでいる弟の様子がおかしいので自《みずか》ら出向くことにしたのだが、ついては同行してほしいと、栗原《くりはら》捜査一課長を通して依頼があったのです。危険な事態も予測されるからと⁉

永江の後妻の有恵《ありえ》、義理の息子の紳也《しんや》、表向きは姪《めい》とされていますが本当は永江の娘の由谷圭子《よしたにけいこ》、永江の秘書の北村《きたむら》も加わった大人数のツアーは、ドイツ中西部にあるデュッセルドルフで永江の会社の支社に勤めている神津麻香《こうづあさか》と合流、列車で南へと向かいます。着いたのはドイツで一番古い大学があるハイデルベルクでした。ドイツの食事は量が多いので、石津は大喜びです。

そして一行はマイクロバスで永江英哉《ひでや》の住む古城に向かうのですが、霧が濃く、まるで怪奇映画の世界に迷い込んだかのようでした。やがて人里離れた小高い山の頂上に聳《そび》える城に到着します。堀をまたぐ跳ね橋がゆっくり降りてきました。そこに現れた怪物！　ではなくて、二メートルに近いその大男は、英哉の世話をしている梶本《かじもと》でした。

十三世紀に建てられたというその城は、戦闘のための城砦《じようさい》です。堀をめぐらせて敵の侵入に備えていました。外との唯一《ゆいいつ》の連絡路は跳ね橋です。城内には二階建ての居館《パラス》や四、五階建ての塔《ベルクフリート》、礼拝堂などがあります。この城で三年前、英哉の妻の智美《ともみ》が悲惨な死を遂げたというのです。拷問用具として有名な「鉄の処女」によって……。

最初の夜、晴美はベルクフリートの一番高い窓に、「夏のなごりのバラ」を歌う白いドレスの女を目撃します。その女が消えたあと、死刑執行人のマスクを着けた男に襲われるのでした。助けてくれたのはもちろん（！）ホームズですが、マスクの男は忽然《こつぜん》と消えてしまいます。やはりドイツの古城には危険が一杯でした。

ホームズにとって最初（多分？）の海外旅行の目的地にドイツが選ばれたのは、もちろんホームズがリクエストしたわけではなく、作者のたっての（？）希望と言えるでしょう。中学時代、読書の時間に読んだのが「グリーン版世界文学全集」（河出書房新社）のヘルマン・ヘッセの巻でした。ヘッセ（一八七七―一九六二）は二〇世紀前半のドイツ文学を代表する作家で（もっとも一九二四年にスイスに帰化しているそうですが）、一九四六年にノーベル文学賞を受賞しています。

〝ドイツ特有の、森の中の散歩、休暇中の徒歩旅行、小川での水遊び、といった、一歩外へ出れば、自然が待っている青春の姿が、ただ毎日ひたすら電車で通学していた身には、何ともうらやましく思えたものです〟と、「三毛猫ホームズの青春ノート——小さな自伝」(『三毛猫ホームズのプリマドンナ』に収録)に書かれています。その全集に収録されていた「郷愁」を読んで書いた感想文が賞《ほ》められて、赤川さんはますます読書の世界に没入していくのでした。

高校時代、一番繰り返し読んだのはトオマス・マン(一八七五—一九五五)の『トニオ・クレエゲル』です。やはり一九二九年にノーベル文学賞を受賞したドイツの作家の告白的小説です。そしてシュテファン・ツヴァイク(一八八一—一九四二)の作品によって、小説を一生書きつづけようと決心するのでした。『マリー・アントワネット』などの歴史小説で知られるオーストリア出身の作家ですが、ベルリン大学で学んだこともあり、二十世紀のドイツ文学を代表する作家として読まれています。

こうした読書体験のもと、初めてヨーロッパを訪れたとき、赤川さんはまさにロマンチック街道の旅を楽しんでいます。それは一般的な観光コースでしたが、なかで思わぬ拾いものとなったのが、メルヘンチックな街並みが人気のローテンブルクにある「中世犯罪博物館」でした。

中世に使われた拷問用具、処刑具、その他武器、記録の類が、驚くほど大量に集められている。

首を斬るのに使った斧だの剣の宝物も無気味だったが、なんといっても、衝撃的なのは、異端審問などで使われた拷問具の数々である。

刺だらけの椅子や、水中へ沈める鉄のかご、手や足を締めつける万力のような道具、犯罪者に押される焼印……。


――「暗黒の時代」


そこには「鉄の処女」もありました。大きな木製の人形に音開きの扉があり、その内側に鋭い刺が生えています。人形に女性を押し込めて扉を閉めると――想像もしたくない拷問ですが、今回の謎解きでもその拷問用具が大きな鍵を握っているのでした。

そして跳ね橋が壊れて、古城は孤立します。電話も通じません（まだ携帯電話のない時代なので……）。閉ざされた空間は謎解きの最高の舞台でしょう。容疑者も被害者も限られているからです。そんなところで殺人が連続するなんて！　ホームズたちには悪いですが、ミステリーファンの心が躍《おど》ります。古城ならではの怪奇味とさまざまな仕掛けも、ホームズ一行を戸惑わせます。そして時には、雷鳴が轟《とどろ》く夜に殺人事件が……。

ここで思い出されるのはディクスン・カーの長編ミステリー『雷鳴の中でも』（一九六〇）です。ヒトラーの山荘で富豪がテラスから転落死してから十七年後、ジュネーブ郊外の山荘で、その富豪の遺産を相続した往年の大女優が、雷鳴の中、やはりテラスから転落死するのでした。その山荘には十七年前の関係者も集っていました。はたして本当に転落死？

カー作品らしい不可能興味に溢《あふ》れたギディオン・フェル博士もので、古城に雷鳴はじつにしっくりするようです。『三毛猫ホームズの騎士道』でもやはり独特の雰囲気を醸《かも》し出していますが、同じように過去の事件がバックにあるものの、より複雑な事件の謎解きになっています。不可能興味もたっぷりです。ホームズも張り切ったのでしょう。まさに大活躍です。初めての外国での謎解きとは思えません。

矢で狙われた晴美を救ったり、足にかみついて片山の危機を回避したりと、ホームズがいなかったら片山兄妹《きょうだい》は日本に帰ってこられなかったかもしれません。推理のヒントも次々と片山たちに提示してくれます。証拠の品を探し出してくれることも何度もありました。ベルクフリートの最上部で沈思黙考《ちんしもっこう》している場面もあったりして。しかし、あまりにも複雑な事件なだけに、片山や晴美はなかなか真相に辿《たど》りつけず、危険な目に何度も遭うのでした。ホームズのほうは余裕たっぷりで、事件を忘れたかのようにウィンナ・ワルツに合わせてダンスするシーンも！

すでに五十作以上となったシリーズのなかでも特筆されるこの長編は、一九八三年九月、カッパ・ノベルス（光文社）の一冊として書下ろし刊行されました。章題にもちょっとした趣向がありますが、その際赤川さんは、こんな「著者のことば」を寄せています。

可愛《かわい》い子には旅をさせろ――ではないけれど、ホームズ一行、ヨーロッパへと出かけることになった。

もちろん、旅の途中では「可愛くない」殺人犯にも出くわすし、死体にも出くわすわけである。今回はドイツ、ロマンチック街道が舞台だが、この後も、ホームズたちは、ウィーン、スイスへと旅を続ける予定だ。

もっとも、そういう国へ行けば、やたら死体や殺人者が転がっていると期待してお出かけになる方《かた》があっては困るので、これはあくまで作り話であることをお断わりしておく。

この予告通り、ドイツの古城を改装したホテルに事件が連続する『三毛猫ホームズの幽霊クラブ』、ウィーンを舞台に音楽趣味たっぷりの『三毛猫ホームズの歌劇場《オペラハウス》』、スイスのユングフラウヨッホ観光から幕が開く『三毛猫ホームズの登山列車』と、ヨーロッパで事件がつづくのです。いったいトータルで何泊の旅になったのか定かではありませんが、旅費は結構かかったような……これは余計な心配ですが、手軽に謎解きと旅を楽しめるのですから、やっぱり海外旅行を楽しむなら文庫本で⁉︎

一九八三年九月　カッパ・ノベルス（光文社）
一九八六年十月　光文社文庫

光文社文庫

長編推理小説
三毛猫《みけねこ》ホームズの騎士道《きしどう》　新装版
著者　赤《あか》川《がわ》次《じ》郎《ろう》

2018年10月20日　初版1刷発行

発行者　鈴木広和
印刷　堀内印刷
製本　榎本製本

発行所　株式会社　光文社
〒112-8011　東京都文京区音羽1-16-6
電話（03）5395-8149　編集部
8116　書籍販売部
8125　業務部

ISBN978-4-334-77734-0　Printed in Japan

組版　萩原印刷